p. 38 = Les atomes sont tout petits (démonstration de Lord Kelvin).

Qu'est-ce que la vie ?

Du même auteur

Ma conception du monde
Mercure de France, 1982

Mémoires
sur la mécanique ondulatoire
éd. J. Gabay, 1988

L'Esprit et la Matière
précédé de
L'Élision par M. Bitbol
Seuil, coll. « Sources du savoir », 1990

La Nature et les Grecs
précédé de
La Clôture de la représentation par M. Bitbol
Seuil, coll. « Sources du savoir », 1992

Physique quantique
et Représentation du monde
Seuil, coll. « Points Sciences », 1992

Erwin Schrödinger

Qu'est-ce que la vie ?

De la physique à la biologie

TRADUIT DE L'ANGLAIS
PAR LÉON KEFFLER

Avant-propos de Roger Penrose
Préface d'Antoine Danchin
Postface de Claude Debru

Christian Bourgois Éditeur

La première édition de cet ouvrage
a paru chez Christian Bourgois Éditeur,
dans la collection « Épistémè »,
dirigée par Stéphane Deligeorges.

Titre original : *What is Life ?*
Éditeur original : Cambridge University Press

ISBN original : 0521-06223-3

ISBN 978-2-02-020223-7
(ISBN 2-267-00453-4, 1re publication)

Avant-propos

de Roger Penrose

Quand j'étais jeune étudiant en mathématiques, au début des années 50, je ne lisais pas beaucoup mais ce que je lisais – quand j'arrivais à finir le livre – était souvent d'Erwin Schrödinger. J'ai toujours été fasciné par son style, par la façon dont il transmettait l'excitation de la découverte et ouvrait des perspectives vers une compréhension vraiment nouvelle du monde dans lequel nous vivons. Aucun de ses livres ne possède ces qualités davantage que son célèbre *Qu'est-ce que la vie ?* – qui, je le sais aujourd'hui, compte parmi les écrits scientifiques les plus importants de ce siècle. Il s'agit d'une extraordinaire tentative d'élucidation de quelques-uns des mystères de la vie, par un physicien dont les propres découvertes ont tant fait pour changer notre vision du monde. La synthèse interdisciplinaire qu'offre ce livre était très inhabituelle à l'époque, mais réalisée avec une telle modestie (parfois même désarmante) qu'elle ne pouvait qu'attirer la sympathie. D'ailleurs, bien des biologistes ayant fait des découvertes fondamentales, comme John Haldane et Francis Crick, ont reconnu avoir été profondément influencés – sinon tout à fait convaincus – par les grandes idées énoncées ici par ce physicien d'une originalité et d'une pénétration rares.

Comme tant d'idées ayant eu un impact profond sur la pensée humaine, celles-ci, une fois assimilées, s'auréolent d'un air d'évidence ; elles sont pourtant ignorées encore par nombre de gens qui se targuent de savoir. Combien de fois entendons-nous dire que les effets quantiques n'ont aucune influence en biologie, ou que nous absorbons de la nourriture pour emmagasiner de l'énergie ? Cela seul suffirait à montrer l'importance qu'a encore *Qu'est-ce que la vie ?* aujourd'hui. S'il est un livre qui mérite d'être relu, c'est bien celui-là.

8 août 1991

Préface

d'Antoine DANCHIN

Longtemps marquée par le vitalisme, la biologie devait naître, sous sa forme moderne, du contact avec la physique. Ce sont des physiciens, en effet, qui ont donné l'impulsion initiale d'où est issue la biologie moléculaire. Peut-être doit-on à l'Allemand Max Delbrück d'avoir eu les initiatives les plus riches en promesses dans ce domaine, mais c'est à l'Autrichien Erwin Schrödinger, universellement connu pour sa description quantique de l'atome, liée au modèle ondulatoire de la matière, à qui la plupart des créateurs de la biologie moléculaire font référence lorsqu'ils se souviennent des événements qui ont suscité leur vocation. Et tous désignent comme point de rencontre le petit livre de Schrödinger *What is life ?*, paru en 1944, alors que l'auteur vivait en exil à Dublin.

Qu'y avait-il donc de si nouveau, de si spectaculaire dans cet ouvrage ? Le recul que nous avons aujourd'hui, plus de quarante années après, nous montre combien la réflexion de Schrödinger était prémonitoire, et bien adaptée à son objet, mais la lecture de *What is life ?* nous apprend bien plus : on y trouve aussi sinon l'origine, mais la première mise en avant véritable de thèmes récurrents qui hantent les pensées contemporaines de ceux qui se passionnent pour la biologie, sans avoir le courage ou l'envie réelle de comprendre, et tentent, au moyen de généralisations abusives d'englober le monde dans une unique description fondée sur une bien discutable idéologie de l'ordre.

Le cristal apériodique

Dès 1935 Max Delbrück s'était interrogé en « physicien ingénu », selon l'expression de Schrödinger, aux bases physico-chimiques de la vie. Le problème était de tenter de relier les lois formelles de la génétique, qui indiquaient de façon prédictive comment se transmettent certains caractères héréditaires, et la nature physique des composants de la cellule, du noyau et des chromosomes en particulier, dont on savait qu'ils avaient quelque rapport avec l'hérédité. Le point de départ de cette réflexion était l'étude des mutations, comprises comme des variations *brusques, discontinues et stables* de la descendance d'un individu. L'action de rayonnements ionisants, comme les rayons X, sur les cellules, avait permis à Delbrück et à ses collègues de relier *concrètement* les unités héréditaires, les gènes, avec la cible principale des rayons ionisants dans la cellule. Le calcul montrait alors que cette cible était si petite qu'elle avait les dimensions de molécules, faites tout au plus de quelques milliers d'atomes. Voilà donc le point de départ de la réflexion de Schrödinger, associé à un présupposé épistémologique :

> « Comment peut-on expliquer à l'aide de la physique et de la chimie les événements qui se produisent *dans l'espace et dans le temps* dans les limites spatiales d'un organisme vivant ? »

Et Schrödinger de montrer que des atomes isolés, ou de petites molécules seraient incapables de conserver la *mémoire* nécessaire à la transmission conforme des caractères héréditaires. C'est pour lui l'occasion de relier la physique qu'il connaît, celle de l'atome, et celle de la mécanique statistique, à la réalité biologique. Tout spécialement il consacre un long moment de sa réflexion à une propriété essentielle du vivant, bien souvent oubliée aujourd'hui malgré son importance majeure, celle de l'aptitude pour toute vie à se comporter de façon globale, macroscopique. Comment relier le fourmillement des atomes au mouvement d'une cellule, à l'organisation du cerveau humain ? Toute la question est de donner une forme, une structure, à ce fourmillement : seules des *assemblées* d'atomes le pourront, à condition que l'assemblage soit assez stable, ait une durée de vie suffisante à la température où se développe la vie. Le dialogue entre le macroscopique et le microscopique peut se faire lorsqu'un grand nombre d'éléments de base sont mis en commun : à partir d'exemples simples, le paramagnétisme, le mouvement brownien ou la diffusion, notre auteur démontre qu'il peut exister un ordre macroscopique spatial et temporel, et qu'un aller et retour approprié entre une dynamique locale et une dynamique globale permet la création de formes macroscopiques stables. On trouve là, par exemple, un avant-goût de la réflexion de certains penseurs contemporains, très critiques vis-à-vis de la Biologie Moléculaire, comme le mathématicien René Thom, et il serait certainement utile aujourd'hui de ne pas perdre de vue cette dimension importante du vivant, le couplage entre le macroscopique et le microscopique.

Mais le grand mérite de Schrödinger (à l'opposé de ce que font les critiques d'aujourd'hui, obnubilés par le défaut théorique qu'ils constatent dans les réflexions des biologistes, et qui en viennent à oublier la pertinence du choix d'une *échelle* minimum dans les objets à considérer) a été de montrer que le niveau moléculaire, aussi petit soit-il, peut être considéré comme un niveau pertinent d'analyse, même pour ce qui est de *l'organisation* de l'hérédité. Et c'est ce qui a fasciné des physiciens, aujourd'hui connus pour être parmi les créateurs de la Biologie Moléculaire, comme M. Wilkins ou F. Crick, lorsqu'ils ont lu le texte de Schrödinger. L'image habituelle de la physique ou de la chimie est celle d'arrangements *réguliers* d'atomes, lorsque l'on considère une structure organisée. Le cristal est le modèle ou le symbole du monde inorganique, mais aussi celui du monde des lois de la matière (et lorsqu'on parle de matière on pense toujours en termes de *physique*). Le monde vivant est caractérisé par le mouvement, l'irrégularité, le changement. Sa matière est souvent fluide, collante, visqueuse. Et, de fait, les chimistes nomment alors *colloïdes* les produits extraits des systèmes vivants. Schrödinger, postulant une identité absolue des lois présidant à la mise en forme de la matière, qu'elle soit inerte ou vivante, cherche à concilier ces deux caractères extrêmes, le « cristal » de l'inorganique et le « verre », amorphe, de l'organique. Il lui faut encore un détour pour parvenir au cœur de son idée du centre matériel de la vie, support de l'hérédité : des collections inorganisées d'atomes seraient trop sensibles aux fluctuations thermiques, ils doivent donc être organisés en molécules, pour jouer leur rôle. Et s'il n'utilise pas le terme de « macromolécule », correspondant à un concept relativement nouveau, et surtout employé par les chimistes, Schrödinger suppose que les atomes de l'hérédité sont organisés selon l'ordre imposé d'une structure cristalline, mais que cet ordre n'est pas la simple répétition régulière, qui entraînerait la pauvreté des structures inertes, mais qu'il contient des motifs variables, portés par la matrice régulière du cristal. Ce *cristal apériodique* est alors le support de la mémoire héréditaire.

On comprend aisément cette métaphore, et il n'est pas étonnant que des esprits curieux aient été fascinés par sa puissance, et surtout par le fait qu'elle indique le chemin à suivre pour découvrir quelle est l'organisation *réelle* de la matière des gènes :

> « Nous croyons qu'un gène – ou peut-être l'ensemble de la fibre chromosomique – est un solide apériodique. »

avec, en note, une phrase qui indique concrètement ce qu'il faut regarder :

> « Le fait d'être éminemment flexible, n'est pas une objection, car un mince fil de cuivre l'est également. »

La route est tracée : purifiez la matière des chromosomes, et vous découvrirez un très mince filament (les dimensions en sont connues par les travaux de Delbrück sur les mutations par les rayons X) qui aura la structure d'un cristal apériodique !

À la même époque Avery et ses collègues détectaient le pouvoir transformant de l'ADN : la nature chimique des gènes était découverte. Et il ne fallut pas plus de dix ans pour que le secret de la nature du « cristal apériodique » soit mis au jour, par des chercheurs qui avaient été marqués par la lecture du petit livre du Schrödinger.

Le Code

Mais le texte de notre auteur contenait bien d'autres germes de découvertes. Issu de la réflexion, et d'images simples, comme il est souvent d'usage en physique, où les « expériences de pensée » ont un rôle de premier plan, il cherche à mettre en évidence ce qu'il faut regarder dans la matière vivante. La pertinence de la question est primordiale : elle décide de l'importance de la réponse. Et Schrödinger comprend qu'il ne suffit pas de connaître le *support* de l'hérédité, mais qu'il faut aussi comprendre comment se fait la transformation de l'organisation de ce support en actions liées à la vie : après tout, un être vivant doit pouvoir échanger de la matière avec son environnement, peut-être se mouvoir, et sûrement se reproduire. À une époque où l'informatique n'existe pas encore et où le mot de programme existe principalement avec une connotation théâtrale, Schrödinger utilise une métaphore : pour décrire cette transformation et le rôle de la matrice des gènes, il utilise, comme le font aujourd'hui bien des informaticiens, lorsqu'ils s'expriment en jargon, le mot de *code*. C'est une espèce de code qui décide, d'une façon strictement *déterministe*, du développement futur d'un organisme :

> « En donnant à la structure des fibres chromosomiques le nom de code, nous entendons signifier que l'esprit omniscient conçu un jour par Laplace, et pour qui tout rapport causal serait immédiatement déchiffrable, pourrait immédiatement déduire de cette structure si l'œuf, placé dans des conditions convenables, se développerait en coq noir ou en poule tachetée, en mouche ou plant de maïs, rhododendron, scarabée, souris ou femme. »

Voilà donc un usage, inhabituel à l'époque, du mot de code. Et ce qui est central dans l'argumentation de Schrödinger, et que comprendront certains de ses lecteurs seulement, est que le modèle sur lequel sera construit l'organisme, le « moule intérieur » de Buffon est un objet physique, *lui-même manipulé par les règles qu'il spécifie*. C'est là la loi biologique la plus fondamentale, encore très mal comprise de nos jours :

> « Mais le terme de code est, bien entendu, trop étroit. Les structures chromosomiques servent en même temps à réaliser le développement qu'ils symbolisent. Ils sont le code de loi et le pouvoir exécutif – ou, pour employer une autre analogie, ils sont à la fois le plan de l'architecte et l'œuvre d'art de l'entrepreneur. »

Ce que Schrödinger n'a pas encore compris, et ce que découvriront les véritables créateurs de la Biologie Moléculaire, c'est que ce double rôle, de matrice et de substrat, ne peut prendre de sens qu'à la suite d'une transposition d'un élément de sens – le gène – en un autre élément de sens – le produit actif du gène. Il faut au moins *deux* niveaux pour que le code (au sens de programme) puisse jouer son rôle créateur de forme. Et aujourd'hui le mot de code a perdu le sens initial de programme que lui donnait Schrödinger, pour prendre celui d'intermédiaire symbolique entre le gène et le produit du gène. De plus, le cristal apériodique, compris comme un élément à une dimension, le fil de la double hélice d'ADN, s'est enrichi d'une nouvelle métaphore linguistique : le gène est un texte écrit au moyen d'un alphabet à quatre lettres, et le produit du gène est une réécriture de ce premier texte, une traduction, comme on le dit aujourd'hui, au moyen d'un alphabet à vingt lettres. On trouve cependant déjà chez Schrödinger un germe de la métaphore contemporaine, lorsqu'il compare le code à un texte écrit en alphabet Morse (bien qu'il prenne garde d'indiquer – et il a tort en cela – que rien ne permet de penser que le codage est linéaire et non à deux dimensions au moins) ou lorsqu'il compare deux gènes homologues :

« On a même découvert ce qu'on a appelé des "allélomorphes multiples", c'est-à-dire, deux ou plusieurs "versions" ou "lectures" différentes – en plus de la normale, non mutationnée, correspondant à la même place du code chromosomique ; (...) »

La précision

Comment comprendre la permanence du programme, et sa stabilité de génération en génération ? Schrödinger, théoricien de la matière quantifiée, n'élude pas la question, même si elle lui paraît redoutable. Comprenant qu'un gène est un édifice polyatomique, il croit devoir lui appliquer les règles habituelles qui président à la destinée des atomes, à la température où se déroule la vie. Il essaie donc de représenter le caractère « apériodique » du gène en terme de niveaux d'énergie, et de « sauts quantiques » entre ces niveaux. En parenthèse il faut remarquer ici combien Schrödinger est lucide, comme on aimerait que le soient bien de physiciens « quantiques » d'aujourd'hui : il sait encore que le « saut quantique » est un mystère paradoxal dû à la nature discontinue du modèle quantique. Ce paradoxe ne fait que cacher notre ignorance, comme l'aurait remarqué Zénon d'Elée, en reprenant son aporie de la flèche ! Mais revenons au modèle quantique du gène. Tout le problème réside dans celui de la stabilité de la molécule, et dans la précision de sa reproduction, puisqu'il faut la reproduire de génération en génération. Schrödinger montre que l'idée même de molécule, édifice multiatomique, peut comporter une contrainte de stabilité suffisante à l'échelle de temps des organismes. Le vrai problème est qu'il faut aussi pouvoir, à partir d'un même modèle, tenir compte des mutations, d'un très grand nombre de possibilités de structures différentes, par conséquent. Schrödinger imagine alors des *isomères* d'une grosse molécule type. Mais là, bien sûr, s'arrête sa description. Il lui manque en effet l'idée centrale de la métaphore linguistique : le support matériel du gène est constitué d'une suite *linéaire* de quatre motifs de base dont l'ordre détermine la nature du produit du gène. Un millier de ces motifs permet un nombre de combinaisons si grand que toute structure pourrait, en principe, y trouver une représentation.

Malgré sa nécessaire imperfection – il faut convenir que Schrödinger ne pouvait faire à cette époque que des hypothèses plus ou moins gratuites en reprenant les expériences et les modèles de Delbrück – son texte contient le germe d'une réflexion fondamentale qui, curieusement, n'a été prise en compte que beaucoup plus tard, par un physicien, J. Hopfield, aux États-unis, et un physico-chimiste, J. Ninio, en France. Il montre en effet que le problème de la stabilité du support de l'hérédité est crucial, et que l'effet de la température est d'introduire, avec une probabilité finie, des changements « spontanés » dans la nature du gène. Ces changements ont lieu au bout d'un temps fini qui dépend de la nature de la molécule support du « cristal apériodique », et ils ont nécessairement la nature discontinue que l'on attend des mutations.

> « Si nous admettons qu'il faut expliquer les rares mutations naturelles par des fluctuations fortuites de l'agitation thermique, nous ne devons pas être surpris de ce que la nature ait réussi à donner aux seuils des valeurs propres à assurer la rareté des mutations. (…) Les individus qui, par mutation, acquièrent une configuration de gènes d'une stabilité insuffisante, n'auront que peu de chance de voir leur descendance "ultraradicale", à mutations fréquentes,

survivre longtemps. Les espèces en seront affranchies et pourront, par sélection naturelle, s'assurer des gènes stables. »

Mais Schrödinger ne pousse pas plus avant son raisonnement : si les mutations sont inévitables, existe-t-il un moyen de les corriger ou, tout au moins, de les contrôler, au moment de la reproduction du patrimoine héréditaire ? La question de la *précision* se pose avec acuité : la métaphore linguistique d'aujourd'hui s'y prête bien, comment faire en sorte que le tirage définitif d'un livre se fasse sans erreurs typographiques, comment faire une relecture appropriée du texte pour en permettre la correction efficace ? Ce sujet est au centre de la stabilité des espèces, bien qu'il soit encore relativement peu pris en compte aujourd'hui. Et le modèle du raisonnement de Schrödinger aurait dû, et devrait encore, nous servir pour nous permettre de mettre en évidence les points importants des contraintes physiques qui s'exercent sur la reproduction du vivant.

L'ordre

Comme presque tous les auteurs Schrödinger s'est trouvé emporté par son élan, et il a voulu donner, avec les risques évidents que cela comporte, une dimension *universelle* à sa réflexion. Le modèle quantique, si puissant lorsqu'il démontrait que le support de l'hérédité avait nécessairement une nature polyatomique *moléculaire*, ne pouvait-il aussi servir, par le biais de la mécanique statistique à considérer le rôle de la *forme* dans la vie ? Ici se pose évidemment la question de l'organisation, de l'ordre et du désordre dans le phénomène vivant. Mais l'idéologie de 1944 était-elle propice à cette réflexion ? Le nazisme avait tenté de dominer le monde, et, au moment de l'écriture du livre de Schrödinger, sa domination était encore à l'ordre du jour. On ne s'étonnera donc pas, dans une réflexion où la génétique tient une place centrale de trouver des éléments très discutables, et dont d'ailleurs Schrödinger se rend compte qu'ils le sont.

Un premier témoin de cet état de fait est la curieuse introduction du *Lebensraum* à propos de la diffusion des molécules : lorsque les molécules diffusent, est-ce vraiment pour avoir plus d'espace vital ? Mais c'est bien sûr à propos des mutations que le contexte de l'époque se manifeste de la façon la plus évidente :

> « Pour nous exprimer plus catégoriquement, quoique peut-être un peu naïvement, le dommage consécutif à un mariage entre cousins germains pourrait fort bien être intensifié par le fait que leur grand-mère aurait longtemps servi comme infirmière [en raison de son contact avec des radiations ionisantes, A.D.]. Ce n'est pas là un point qui doive troubler personnellement aucun individu, mais toute possibilité d'*infecter* [c'est moi qui souligne, A.D.] progressivement la race humaine par suite des mutations latentes indésirables, doit être pour la communauté une question de grand intérêt. »

ou encore, avec un souci humanitaire évident :

> « Comme de nos jours nous n'envisageons plus d'éliminer les *déchets* [c'est moi qui souligne, A.D.] à la manière brutale adoptée autrefois par les Lacédémoniens au mont Taygète, nous devons sérieusement nous préoccuper de cette question dans le cas de l'homme, pour lequel la sélection naturelle des mieux doués est considérablement entravée, ou plutôt inversée. L'effet anti-sélectif des massacres en masse de la jeunesse saine de toutes les

> nations est difficilement contrebalancée par la considération qu'aux temps où les conditions étaient plus primitives, la guerre a pu avoir une valeur positive de sélection en laissant subsister seulement la tribu la plus résistante. »

Voilà donc une autre manifestation du rôle de précurseur de Schrödinger : n'est-ce pas de la sociobiologie avant la lettre ? Et pourtant notre auteur avait remarquablement compris le caractère contingent des mutations. Son analyse des travaux de Delbrück ne laisse aucune ambiguïté à cet égard :

> « Dans le cas présent, nous concluons que la première demi-dose de radiation qui a provoqué disons la mutation d'un seul descendant parmi un millier d'autres, n'a pas du tout influencé le reste, soit en les prédisposant en faveur, soit en les immunisant à l'encontre d'une mutation. Car autrement la seconde demi-dose ne provoquerait pas à nouveau exactement une seule mutation pour mille. La mutation n'est donc pas un effet d'accumulation provoquée par de petites doses consécutives de radiations venant se renforcer l'une l'autre. »

Schrödinger a donc réinterprété Darwin, comme le font d'ailleurs des généticiens comme Dobzhansky à la même époque, en tenant compte des lois de Mendel, et des travaux de De Vries sur les mutations. En ce sens il est l'un des créateurs du courant « néo-darwiniste », qui va présider à la naissance de la Biologie Moléculaire. Et il commet la même erreur que bien des penseurs d'alors (et toujours commune aujourd'hui) en ne distinguant pas clairement ce qui revient au phénotype et ce qui relève du génotype, et en ne comprenant pas les deux aspects fondamentaux de l'hérédité, son caractère génétique (la transmission conforme de l'ADN) et son caractère épigénétique (la transmission conforme d'un *état* de l'expression de l'ADN). Mais il a fort bien compris, ce qui est rare, même de nos jours, que la sélection s'opère sur un choix préalable de mutations, *sans aucun effet instructif de l'environnement.* Il connaissait sans doute les belles expériences de Luria et Delbrück, faites en 1943, qui démontrent le caractère purement contingent des mutations, *préalablement à toute sélection.*

Mais, de l'aveu même de l'auteur, ce qui a motivé l'écriture de son livre, son « unique but », a été de montrer qu'en plus des lois de la physique, il existe d'autres lois, qui, sans violer les premières, sont spécifiquement révélées par les sciences de la vie. Et l'idée qu'il retient, bien conforme à l'idéologie de l'époque, est que le monde va spontanément vers le désordre, et que le rôle des lois spécifiques au vivant est de s'opposer sans cesse à cette tendance naturelle. Et comme les conséquences de l'argumentation, très discutable, de Schrödinger se trouvent encore de nos jours présentes dans bien des propos du « Café du Commerce » d'un certain monde intellectuel, il convient d'y revenir, de façon un peu détaillée.

La première idée est que les lois macroscopiques de la physique, du fait de leur nature statistique, correspondent à une tendance spontanée de toute matière à aller vers le désordre. Ce qui est remarquable ici c'est que le mot de désordre n'a pas de sens physique (sauf si l'on adjoint des précisions particulières, liées au modèle physique considéré, au sens usuel du mot), alors qu'il a, bien entendu, un sens éthique ou esthétique très clair. L'approche positiviste confond le discours scientifique et le discours social ou culturel : la Science existe en soi, et dicte la bonne voie à suivre, celle de l'ordre du monde. La Science dit que, parce que la tendance naturelle des papiers rangés sur mon bureau est d'occuper toute la place disponible en détruisant l'ordre que j'y avais mis, la nature physique du monde conduit spontanément au désordre. Mais, et la suite du raisonnement est simple, puisque j'existe, moi vivant, et que je peux définir un ordre, c'est qu'une propriété intrinsèque à la matière vivante est d'aller contre le désordre. Que voilà une belle démonstration, déjà présente, en partie dans les textes de Boltzman sur la mécanique statistique ! Or cette démonstration n'en est pas une, ce n'est qu'un certain *regard* sur le monde. Ne peut-on, au contraire, voir dans le comportement spontané de la matière, une aptitude à l'*exploration*, à l'*invention* ? Le fait d'occuper tout l'espace disponible permet d'aller au devant d'interactions imprévues dans l'espace initial : en se mélangeant le jaune et le bleu créent le vert, y a-t-il là *désordre* ? Et, de fait, on sait aujourd'hui qui c'est grâce au deuxième principe de la thermodynamique, qui impose une augmentation spontanée de l'entropie de tout système matériel, que se créent bien des formes majeures des macromolécules qui définissent la vie. La double hélice, par exemple, prend cette forme désormais symbolique, parce que la chaîne moléculaire qui la constitue y est contrainte par le deuxième principe. En effet, dans l'eau, où se font sentir des interactions entre molécules jusque sur de très longues distances, la présence de molécules étrangères tend à restreindre le nombre des états possibles que peuvent prendre de nombreuses molécules d'eau, ce qui est contraire au deuxième principe. L'augmentation d'entropie du mélange tend à donner le plus de place possible aux molécules d'eau, en imposant une conformation particulière aux molécules étrangères. Ce principe très général, qui, comme le pensait Schrödinger avec raison, correspond à une loi *ordinaire* de la physique, préside à la mise en forme de la plupart des macromolécules, et même de nombreux édifices d'organisation plus complexe, qui constituent la matière même de la vie.

Schrödinger imaginait que l'ordre ne peut provenir que d'un ordre préexistant, et que la lutte (qu'il supposait) de la vie contre le désordre devait son succès à une forme particulière d'*assimilation de l'ordre* :

> « La vie paraît être un comportement ordonné et réglementé de la matière, comportement qui n'est pas basé exclusivement sur sa tendance à passer de l'ordre au désordre, mais basé en partie sur un ordre qui se maintient. »

C'est bien là la question fondamentale : comment se fait le maintien de l'ordre du vivant ? On a entrevu plus haut comment les problèmes de *précision* de la reproduction des structures macromoléculaires se trouvaient au centre de la perpétuation de la vie ; mais pour qu'une cellule perdure, sans même poser la question de sa reproduction, il faut aussi la conservation d'une organisation. Devant l'apparente complexité des structures vivantes cela a paru, et cela paraît encore souvent, du domaine du magique, et l'on comprend pourquoi beaucoup font appel à des idées où apparaissent des relents du vitalisme : cela a été, au début de la thermodynamique, un appel à l'*énergie*, concept flou où pouvait se glisser une *énergie vitale*, que l'on retrouve aujourd'hui dans le domaine publicitaire destiné aux classes sociales les moins instruites ; mais le même phénomène s'est introduit dans les milieux plus instruits, grâce à l'appel à un concept plus mystérieux, et certainement plus difficile à définir de façon accessible, celui d'*entropie*. Et le vitalisme aujourd'hui est loin d'être mort, même s'il est masqué, peut-être même pour cette raison, par le discours savant du réductionnisme extrême de ceux qui ramènent la vie ou ses origines à la somme de quelques principes physiques simples.

Schrödinger, très conscient de la difficulté du problème, mais évidemment peu au fait de la réelle complexité des êtres vivants, cherche à le résoudre en invoquant quelques principes simples. Un premier principe, remarquablement perçu par notre auteur, est que le vivant est une sorte de « fuite en avant », de bascule incessante vers le futur, où tout est fait pour *éviter* d'atteindre l'équilibre thermodynamique. Il n'en donne pourtant pas d'exemple concret, et il ne perçoit pas encore – il faudra attendre la naissance de la Biologie Moléculaire pour que ce soit possible – la richesse du dialogue constant entre le macroscopique et le microscopique qui s'opère au sein de toute cellule ou de tout organisme, et permet cette constante « restauration » des parties de l'édifice qui viennent à faillir à leur tâche, éloignant pour un temps encore le terme de l'équilibre.

Schrödinger enfin affirme que la vie « se nourrit d'entropie négative ». Et là il en donne un exemple : c'est par la décomposition de l'*organisation* des molécules complexes qui constituent notre nourriture que nous perpétuons notre propre organisation. De façon paradoxale Schrödinger introduit la contradiction dans son propre discours, en nous rappelant qu'un état d'entropie minimale – et par conséquent, selon son intuition, d'ordre maximal – correspondrait à la matière immobilisée au zéro absolu : mais est-ce bien là ce qu'on attend de la vie ? Le sens commun lui attribuerait plutôt chaleur et mouvement ! C'est que l'entropie perçue par Schrödinger est l'entropie statistique du gaz parfait, révélée par les recherches de Boltzmann, bien loin de la réalité du vivant où l'eau, fluide matériel particulièrement difficile à représenter, joue un rôle de premier plan.

Mais ce serait faire injure à Schrödinger que de terminer ainsi : son chapitre sur l'ordre finit sur une interrogation : alors qu'il pensait pouvoir expliquer le maintien de l'ordre par une assimilation continue d'entropie négative, il a trouvé certains de ses collègues qui lui ont montré que, dans les exemples qu'il donnait, c'était l'*énergie* et non l'entropie qui était consommée. Il cherche alors à conserver son idée, en tentant de montrer que l'élimination de chaleur correspond à une élimination d'entropie… Tout cela montre à l'évidence que la réflexion sur la physique de la vie est encore à faire, et qu'il ne convient pas de donner des réponses péremptoires : on trouve là le climat agréable des discussions qui, jusqu'à la guerre, animaient les groupes de chercheurs créateurs de la description quantique de la matière. Pourrait-on être aussi agréablement surpris des discussions (lorsqu'elles existent encore) entre les chercheurs d'aujourd'hui ?

Un mot pour finir

Schrödinger avait eu une éducation catholique, et même s'il se devait de donner une description matérialiste de la vie, en la fondant sur quelques principes physiques, à l'exclusion de tout vitalisme, il se devait de donner une description du monde vivant où le libre arbitre aurait sa place. Après avoir résumé, de façon remarquable, comment une mécanique *déterministe* peut se créer à la température ordinaire, à partir d'un niveau suffisamment macroscopique, Schrödinger poursuit sa réflexion en discutant de la fameuse *indétermination quantique*. Et, fait remarquable, qui confirme la richesse de sa pensée (et qui explique le succès concret de son petit livre, qui a joué un rôle moteur dans la création de la Biologie Moléculaire), il *ne tombe pas* dans le piège du vitalisme implicite que l'usage du principe de Heisenberg pouvait apporter à l'étude du vivant. Réinventant de façon un peu sommaire les textes de Kant, il montre que nul déterminisme ne saurait imposer la négation du libre arbitre, et qu'il y a dans cette question un mélange des niveaux d'analyse. Schrödinger ne pouvait aller beaucoup plus avant. Il avait semé les germes d'une approche infiniment féconde, et c'est ce que l'Histoire retiendra de sa brève incursion dans le domaine de la Biologie.

Antoine DANCHIN

QU'EST-CE QUE LA VIE ?

À la mémoire
de mes parents.

Homo liber nulla de re minus quam de morte cogitat ; et ejus sapienta non mortis sed vitœ meditatio est.

SPINOZA, (*Éthique*, P. IV, Prop. 67.)

Il n’est rien au sujet de quoi un homme libre pense moins qu’à la mort ; sa sagesse consiste à méditer, non sur la mort, mais sur la vie.

Préface de l'auteur

À l'édition française

Je tiens à étendre au Dr L. Keffler les remerciements sincères exprimés à mes amis irlandais pour la grosse somme de travail aride et le grand soin grâce auxquels il a réussi à produire une excellente version française de ce petit livre, que je sens plus proche de mon cœur que bien d'autres choses que j'ai écrites.

Du point de vue linguistique également, la traduction du Dr Keffler est très probablement supérieure à l'original. Je suis tout particulièrement sensible à la courtoisie qu'il m'a témoignée en m'envoyant une copie dactylographiée suffisamment à temps pour me permettre de lui communiquer quelques remarques critiques, d'ailleurs peu nombreuses et relativement peu importantes. Hormis le cas idéal où ils ne forment qu'une seule et même personne, c'est uniquement par leur coopération que deux hommes – l'un sachant précisément ce qu'il veut dire et l'autre sachant comment le dire – peuvent arriver à produire un texte donnant toute satisfaction.

Dublin, juin 1947. *E.S.*

Préface

Un homme de science est censé posséder, et cela de première main, des connaissances complètes et approfondies sur quelques sujets ; aussi attend-on habituellement de lui qu'il n'écrive rien sur un sujet qu'il ne domine pas comme un maître. Pareille réserve est considérée comme une question de noblesse oblige. *Pour le but présent je désire renoncer à la noblesse, s'il en est, et être affranchi de l'obligation qui en découle. Mon excuse est la suivante :*

Nous avons hérité de nos ancêtres une invincible prédilection pour des connaissances unifiées et universelles. Le nom même donné aux institutions les plus éminentes du savoir nous rappelle que, dès l'antiquité et au travers de nombreux siècles, l'aspect universel a été le seul auquel on ait accordé un plein crédit. Mais, au cours des cent dernières années, l'extension à la fois en largeur et en profondeur des branches multiples du savoir humain nous a mis en face d'un étrange dilemme. Nous sentons nettement que ce n'est que depuis peu que nous commençons à acquérir des données sûres pour fondre en un seul bloc la somme totale de tout ce qui connu ; mais d'un autre côté, il est devenu quasi impossible de maîtriser plus qu'une petite partie spécialisée de ce tout.

Sous peine de voir notre vrai but se perdre à jamais, je ne vois pas d'autre échappatoire à ce dilemme que d'admettre que quelques-uns d'entre nous se hasardent à un essai de synthèse des données expérimentales et des théories, fût-ce avec des connaissances incomplètes et de seconde main pour certaines d'entre elles – et au risque de se rendre ridicules.

Voilà pour mes excuses.

Les difficultés de langage ne sont pas négligeables. La langue maternelle de chacun est un habit étroitement ajusté, de sorte qu'on ne se sent jamais tout à fait à son aise quand elle ne se trouve pas immédiatement utilisable et doit être remplacée par une autre. Je dois bien des remerciements au Dr Inkster (Trinity Collège, Dublin), au Dr Padraig Browne (St. Patrick's Collège, Maynoth) et enfin, last but not least, *à Mr S.C. Roberts. Ils se donnèrent beaucoup de mal pour ajuster à ma taille le nouvel habit et furent plus harcelés encore par mon hésitation occasionnelle à abandonner quelque mode « originale » de mon cru. Si, malgré les tendances d'expurgation de mes amis, il en est resté quelque chose, c'est à moi seul qu'il faut faire des reproches, et non à eux.*

Les titres des nouveaux paragraphes devaient, à l'origine, servir de sommaires marginaux, de sorte qu'il faut lire le texte de chaque chapitre in continuo.

Je suis très obligé au Dr C.D. Darlington et à l'éditeur de Endeavour *(Impérial Chemical Industries Ltd.) pour les clichés des illustrations. Les annotations originales y ont été retenues, quoique les détails ne se rapportent pas au contexte actuel.*

Dublin, septembre 1944.

Chapitre premier

Le mode d'attaque du sujet par le physicien classique

Cogito ergo sum.
DESCARTES

1. Le caractère général et le but de la recherche.

Ce petit livre a son origine dans une série de conférences données par un théoricien de la Physique devant un auditoire composé de quelque quatre cents personnes. Cet auditoire ne s'amenuisa que fort peu, bien qu'il eût été prévenu dès le début que le sujet était difficile et que les leçons ne pourraient être qualifiées de populaires nonobstant la circonstance que la déduction mathématique, l'arme la plus redoutable du physicien, ne serait utilisée que très exceptionnellement. La raison en est, non pas que le sujet soit assez simple pour être expliqué sans l'aide des mathématiques, mais plutôt qu'il est beaucoup trop complexe pour être entièrement accessible à cette science.

Une autre caractéristique susceptible de prétendre donner au sujet tout au moins une apparence populaire dérivait de l'intention du conférencier de bien mettre en lumière, à la fois pour le physicien et le biologiste, l'idée fondamentale qui plane entre la biologie et la physique.

Au fait, en dépit de la variété des matières à considérer, tout cet essai se résume à mettre l'accent sur une seule notion – un simple commentaire sur un problème aussi vaste qu'important. Afin de ne pas nous écarter de notre but, il est peut-être utile d'esquisser d'avance, à grands traits, notre plan.

La question vaste, importante et très discutée, est la suivante :

Comment peut-on expliquer à l'aide de la physique et de la chimie les événements qui se produisent *dans l'espace et dans le temps* dans les limites spatiales d'un organisme vivant ?

La réponse préliminaire que ce petit livre s'efforcera de développer et de démontrer peut être condensée comme suit :

L'incapacité évidente de la physique et de la chimie actuelles de rendre compte de pareils événements n'est nullement une raison pour douter de la possibilité pour ces deux sciences d'en donner un jour l'explication.

2. La Physique Statistique. La différence fondamentale de structure.

Ceci ne serait qu'une remarque très banale s'il ne s'agissait que de stimuler l'espoir de réussir dans l'avenir ce qui n'a pu être accompli dans le passé. Mais la signification en est beaucoup plus positive, notamment que cette impuissance jusqu'au moment présent est facile à expliquer.

Aujourd'hui, grâce aux travaux ingénieux des biologistes et surtout des généticistes pendant les 30 ou 40 dernières années, on connaît suffisamment la structure matérielle véritable des organismes et leur fonctionnement, pour énoncer et développer avec précision la raison pour laquelle la physique et la chimie actuelles sont impuissantes à rendre compte de ce qui se passe dans le temps et dans l'espace au sein d'un organisme vivant.

Les arrangements des atomes dans les parties les plus vitales d'un organisme et leurs réactions réciproques se différencient d'une manière fondamentale de tous les arrangements d'atomes qui ont été, jusqu'à ce jour, l'objet des recherches expérimentales et théoriques des physiciens et des chimistes. Et pourtant cette différence, que je viens d'appeler fondamentale, est d'une telle nature qu'elle pourrait aisément apparaître comme superficielle à tout autre qu'un physicien pénétré de la certitude que les lois de la physique et de la chimie sont entièrement statistiques [1]. Car c'est du point de vue statistique que la structure des parties vitales des organismes vivants diffère intégralement de celle de toute autre espèce de matière que nous, physiciens et chimistes, avons jamais manipulées physiquement dans nos laboratoires ou mentalement devant notre table de travail [2]. Il est quasi impossible d'imaginer que les lois et les régularités découvertes de cette façon pourraient s'appliquer immédiatement au comportement de systèmes qui n'exhibent pas la structure sur laquelle ces lois et ces régularités sont basées. On ne peut attendre de quelqu'un qui n'est pas physicien, de saisir – et encore

1. Cette affirmation peut sembler un peu trop générale. La discussion doit en être différée jusqu'à la fin de ce livre, §§ 67 et 68.

2. Ce point de vue a été mis en valeur dans deux mémoires pleins d'inspiration dus à F.-G. Donnan, *Scienta*, vol. 24, n° 78, p. 10, 1918 (« La science physico-chimique décrit-elle d'une façon adéquate les phénomènes biologiques ? »). *Smithsonian Report* pour 1929, p. 309 (« Le mystère de la vie »).

moins d'apprécier la pertinence de la différence de « structure statistique » exprimée en termes aussi abstraits que ceux que je viens d'employer. Afin de donner vie et couleur à mon exposé je me permettrai d'anticiper sur ce qui sera expliqué en plus amples détails dans la suite, notamment que la partie la plus essentielle d'une cellule vivante – la fibre chromosomique – peut être qualifiée avec à-propos de *cristal apériodique*. On n'a jusqu'ici eu affaire en physique qu'à des *cristaux périodiques*. Aux yeux d'un simple physicien, ce sont là des objets très intéressants et compliqués : ils constituent l'une des structures matérielles les plus fascinantes et les plus complexes par lesquelles la nature inanimée intrigue son esprit. Et pourtant, comparés aux cristaux apériodiques, ils sont plutôt simples et banaux. La différence de structure est de la même espèce que celle qui existe entre un papier peint vulgaire, où l'on retrouve, reproduit indéfiniment, avec une périodicité régulière, un motif unique de décoration, et un chef-d'œuvre de broderie, par exemple une tapisserie de Raphaël, qui n'offre à la vue aucune répétition mais met en valeur un dessin minutieux, cohérent et plein de signification, composé par le maître éminent.

En parlant du cristal périodique comme d'un des objets les plus complexes que le physicien ait l'occasion de rencontrer au cours de ses recherches, je pensais au physicien proprement dit. En effet la chimie organique, en étudiant des molécules de plus en plus complexes, s'est approchée beaucoup plus près de ce « cristal apériodique » qui est, à mon avis, le support matériel de la vie. C'est pourquoi il n'est pas étonnant que le chimiste organicien ait déjà apporté de vastes et importantes contributions au problème de la vie alors que le physicien n'en a encore fait quasi aucune.

3. Le mode d'attaque du sujet par le physicien ingénu.

Ayant ainsi indiqué très brièvement l'idée générale – ou plutôt les buts ultimes – de notre recherche, j'en vais décrire le mode d'attaque.

Je me propose de développer tout d'abord ce qu'on pourrait appeler « les idées d'un physicien ingénu au sujet des organismes », c'est-à-dire, les idées susceptibles de se former dans l'esprit d'un physicien qui, après avoir maîtrisé sa physique et plus particulièrement la base statistique de sa science, se met à méditer au sujet des organismes, de leur comportement et de leur fonctionnement : il en arrivera ainsi, en se basant sur ce qu'il a appris, à se demander consciencieusement, s'il pourrait apporter à la question une contribution adéquate du point de vue de sa science comparativement simple, claire et modeste. Il sera finalement amené à conclure qu'il le peut. L'opération suivante devra consister dans la comparaison de ses anticipations théoriques avec les faits biologiques. Quoique dans l'ensemble ses idées lui paraissent très raisonnables, il constatera alors, qu'il lui faudra les remanier appréciablement. De cette manière, on se rapproche graduellement de la perspective correcte ou, pour l'exprimer plus modestement, de la perspective que je propose comme étant correcte.

Même en admettant que je ne me sois pas trompé à cet égard, j'ignore si ma méthode d'attaque est vraiment la meilleure et la plus simple. Bref, ce fut la mienne. Le « physicien ingénu », c'était moi. Et je n'ai pas réussi jusqu'ici à découvrir, pour atteindre le but, une route meilleure ou plus facile que mon propre chemin tortueux.

4. Pourquoi les atomes sont-ils si petits ?

Une excellente méthode de développement « des idées du physicien ingénu », consiste à partir de cette question singulière, presque futile : Pourquoi les atomes sont-ils si petits ? Pour commencer, ils sont réellement très petits. Chaque petite parcelle de matière que l'on rencontre dans la vie de chaque jour en contient un nombre énorme. De nombreux exemples ont été imaginés pour concrétiser ce fait devant un auditoire, mais aucun d'eux ne crée une plus forte impression que celui utilisé par Lord Kelvin. Supposez que vous puissiez marquer d'une façon distinctive les molécules contenues dans un verre d'eau, que vous versiez ensuite le contenu du verre dans l'océan, puis que vous agitiez ce dernier de façon à distribuer uniformément les molécules marquées parmi les « sept mers » ; en remplissant alors un verre d'eau en n'importe quel endroit de l'océan vous y trouveriez environ une centaine de vos molécules marquées [1].

Les dimensions réelles des atomes [2] sont comprises entre 1/5 000e et 1/2 000e de la longueur d'onde de la

1. Vous ne trouveriez pas, bien entendu, exactement 100 molécules (même si c'était là le résultat exact du calcul). Vous pourriez en trouver 88 ou 95 ou 107 ou 112, mais très improbablement aussi peu que 50 ou autant que 150. Il faut s'attendre à une « déviation » ou « fluctuation » de l'ordre de la racine carrée de 100, c'est-à-dire 10. Le statisticien exprime ce fait en disant que vous en trouveriez 100 plus ou moins 10. Cette remarque peut être ignorée momentanément, mais nous y reviendrons plus tard parce qu'elle nous fournit un exemple de la loi statistique $\sqrt{n}$.

2. D'après les idées actuelles, un atome n'a pas de limites bien nettes, de sorte que la grosseur d'un atome ne correspond pas à une conception bien définie. Mais nous pouvons l'assimiler à (ou, si vous préférez, lui substituer) la distance qui sépare les centres

lumière jaune. La comparaison est significative parce que cette longueur d'onde correspond approximativement aux dimensions du plus petit grain de matière encore reconnaissable au microscope. On peut ainsi se rendre compte de ce qu'un tel grain contient de millions d'atomes.

Et maintenant, pourquoi les atomes sont-ils si petits ?

Évidemment, cette question n'est qu'une feinte. Elle ne se rapporte pas réellement à la grosseur des atomes, mais plutôt aux dimensions des organismes élémentaires et plus particulièrement à celles de nos propres constituants corporels. En effet, l'atome n'est petit que par comparaison avec notre unité officielle de longueur, disons le yard ou le mètre. En physique atomique, on est accoutumé à faire usage de l'unité dénommée Angström (en abrégé A.) qui est la 10^{10}ème partie du mètre, ou, en notation décimale, 0,000 000 000 1 mètre. Les diamètres atomiques varient entre 1 et 2 A. Or, ces unités officielles (par rapport auxquelles les atomes sont si petits) sont intimement associées aux dimensions de notre corps. On raconte que le yard doit son origine à l'humour d'un roi d'Angleterre auquel ses conseillers demandèrent quelle unité il fallait adopter ; alors, il étendit son bras latéralement et dit : « Prenez la distance depuis le milieu de ma poitrine jusqu'au bout de mes doigts, cela conviendra très bien. » Vraie ou non, cette légende est significative pour notre but. Le roi devait naturellement indiquer une longueur comparable à celle de son propre corps, sachant bien que toute autre serait très incommode. Malgré toute sa prédilection pour l'unité Angström, le physicien préférera voir que son nouveau costume exige six

---

atomiques dans un solide ou dans un liquide – mais non pas, bien entendu, dans l'état gazeux, pour lequel cette distance est, dans les conditions normales de pression et de température, environ dix fois plus grande.

yards et demi d'étoffe, plutôt que soixante-cinq mille millions d'unités Angstrôm.

Étant ainsi bien entendu que notre question a réellement pour objet le rapport de deux longueurs – celle de notre corps et celle de l'atome – avec une priorité incontestable d'existence indépendante en faveur de l'atome, cette question se pose réellement ainsi : Pourquoi nos corps doivent-ils être si énormes par rapport à l'atome ?

Je puis imaginer que plus d'un étudiant subtil de la physique ou de la chimie ait déploré le fait que chacun de nos organes des sens, formant une partie plus ou moins substantielle de notre corps et par conséquent (compte tenu de la grandeur du dit rapport) étant composé lui-même d'atomes innombrables, est beaucoup trop peu sensible pour être affecté par l'impact d'un seul atome. Nous ne pouvons ni voir, ni toucher, ni entendre un atome isolé. Les hypothèses que nous élaborons à leur sujet se différencient profondément des constatations immédiates que nous permettent nos organes sensoriels, trop grossiers, et ne peuvent pas être contrôlées par une inspection directe.

Doit-il en être ainsi ? Y a-t-il à cela une raison intrinsèque ? Pouvons-nous faire remonter cet état de choses à quelque espèce de premier principe, de façon à vérifier et à comprendre pourquoi rien d'autre n'est compatible avec les lois mêmes de la Nature ?

Voilà qui constitue pour une fois un problème que le physicien est capable d'éclairer complètement. La réponse à toutes les questions est affirmative.

5. Le fonctionnement d'un organisme exige des lois physiques exactes.

S'il n'en était pas ainsi, si nous étions des organismes suffisamment sensibles pour qu'un seul atome ou même quelques atomes puissent produire une impression perceptible pour nos sens – Grand Dieu ! à quoi ressemblerait notre vie ? Pour n'insister que sur un point : un organisme de cette espèce ne serait très certainement pas capable de développer le type de pensée ordonnée qui, après avoir passé par une longue suite d'états préliminaires, réussit finalement à former, à côté de beaucoup d'autres idées, celle d'un atome.

Quoique nous ayons choisi ce point particulier, les considérations suivantes s'appliqueraient essentiellement aussi au fonctionnement d'organes autres que le cerveau ou le système sensoriel. Néanmoins la seule et unique chose en nous-mêmes qui soit pour nous d'un intérêt primordial, c'est que nous sentons et pensons et percevons. Par comparaison avec le processus physiologique responsable de la pensée et des sens, tous les autres ne jouent qu'un rôle auxiliaire, sinon du point de vue d'une biologie purement objective, tout au moins du point de vue humain. En outre, notre tâche sera grandement facilitée en choisissant pour notre recherche un processus intimement lié à des événements subjectifs, alors même que nous serions ignorants de la vraie nature de ce parallélisme étroit. En effet, à mon avis, ceci est en dehors des limites des sciences naturelles et très probablement aussi de l'entendement humain.

Nous sommes donc amenés à envisager la question suivante : Pourquoi un organe tel que notre cerveau, avec le système sensoriel qui en dépend, doit-il nécessairement consister en un nombre énorme d'atomes, pour que la suite des états physiques qu'il parcourt soit en rapport étroit et intime avec une pensée hautement développée ? Pour quelles raisons cette dernière tâche ne permet-elle pas qu'un tel organe soit dans son ensemble ou dans quelques-unes de ses parties périphériques réagissant directement avec le milieu environnant, un mécanisme suffisamment délicat et sensible pour percevoir et enregistrer l'impact d'un atome unique qui le heurte de l'extérieur ?

La raison en est que ce que nous appelons pensée 1° – est en soi-même une chose ordonnée et 2° – ne peut être appliquée qu'à des objets – perceptions ou expériences – qui possèdent un certain degré de régularité. Il résulte de là deux conséquences. Premièrement, pour qu'une organisation physique soit en rapport étroit avec la pensée (comme ma pensée l'est avec mon cerveau) il faut qu'elle soit parfaitement ordonnée. Ceci implique que les événements qui se produisent au dedans d'elle obéissent à des lois physiques strictes, et cela avec un degré très élevé d'exactitude. Deuxièmement, les impressions physiques produites par d'autres corps extérieurs, sur ce système physiquement bien organisé, sont évidemment en rapport étroit avec la perception et avec l'expérience qui forment l'objet de la pensée correspondante. C'est pourquoi les inter-actions physiques entre notre système et d'autres doivent, en règle générale, posséder elles-mêmes un certain degré de régularité physique ; en d'autres termes elles doivent obéir, elles aussi, à des lois physiques strictes et cela avec un degré d'exactitude suffisant.

6. Les lois de la physique sont basées sur la statistique atomique et ne sont par conséquent qu'approchées.

Pourquoi tout ceci ne pourrait-il s'accomplir dans le cas d'un organisme composé seulement d'un nombre peu élevé d'atomes et déjà sensible à l'impact d'un seul ou de quelques atomes au plus ?

Parce que nous savons que tous les atomes sont soumis indéfiniment à une agitation thermique tout à fait désordonnée qui s'oppose, peut-on dire, à leur comportement ordonné et ne permet pas aux événements se produisant parmi un petit nombre d'atomes de se suivre d'après des lois reconnaissables. Ce n'est que par la coopération d'un nombre énorme d'atomes que les lois statistiques commencent à opérer et à diriger le comportement de ces *assemblées* avec une exactitude d'autant plus grande que le nombre d'atomes impliqués est plus considérable. C'est de cette façon que les événements acquièrent des caractéristiques vraiment régulières. Toutes les lois physiques et chimiques reconnues comme jouant un rôle important dans la vie des organismes, sont de cette espèce statistique ; toute autre espèce de loi ou de régularité que l'on pourrait imaginer, est perpétuellement troublée et rendue inefficace par suite de l'agitation thermique incessante des atomes.

7. Leur précision est basée sur le grand nombre d'atomes participants. Premier exemple (le paramagnétisme).

Je vais essayer d'illustrer ceci par quelques exemples, choisis plus ou moins au hasard parmi des milliers d'autres, et qui ne sont peut-être pas précisément ceux qui frappent le plus les yeux d'un lecteur mis en présence pour la première fois de cet état de choses – état qui, du point de vue de la physique et de la chimie modernes, est aussi fondamental que l'est par exemple, en biologie, le fait pour les organismes d'être composés de cellules, ou la Loi de Newton en astronomie, ou la série des nombres entiers 1, 2, 3, 4, 5… en mathématiques. Un nouveau venu ne doit pas s'attendre à obtenir des quelques pages suivantes une compréhension et une appréciation parfaites d'un sujet qui est associé aux noms illustres de Ludwig Boltzmann et Willard Gibbs et que l'on étudie dans les livres sous le nom de « thermodynamique statistique ».

Si l'on remplit de gaz oxygène un tube oblong en quartz et qu'on le place dans un champ magnétique, on constate que le gaz est magnétisé [1]. La magnétisation est due au fait que les molécules d'oxygène sont de petits aimants qui tendent à s'orienter parallèlement au champ, à la manière d'une aiguille aimantée. Mais il ne faut pas croire que toutes les molécules s'orientent réellement de façon parallèle. Car si vous doublez le champ, vous obtenez une magnétisation double dans votre masse d'oxygène et cette proportionnalité persiste jusqu'à des intensités extrêmement élevées du champ, la magnétisation croissant proportionnellement au champ que vous appliquez.

C'est là un exemple particulièrement frappant d'une loi purement statistique. L'orientation que le champ tend à produire est continuellement contrariée par l'agitation thermique, dont l'action se traduit par une orientation au hasard. Le résultat de cette lutte est, en fait, une légère préférence pour les angles aigus plutôt que pour les angles obtus, entre les axes dipolaires et le champ. Quoique les atomes isolés changent incessamment d'orientation, ils produisent en moyenne (grâce à leur nombre énorme) une prépondérance d'orientation, faible mais constante, dans la direction du champ et proportionnelle à celui-ci. Cette explication ingénieuse est due au physicien fran-

1. On a choisi un gaz parce qu'il est plus simple qu'un solide ou un liquide ; le fait que, dans ce cas, la magnétisation est extrêmement faible ne gêne en rien les considérations théoriques.

çais P. Langevin. On peut la contrôler de la façon suivante. Si la faible magnétisation observée est réellement la résultante de tendances rivales, notamment celle du champ magnétique qui vise à orienter toutes les molécules parallèlement à sa propre direction et l'agitation thermique qui tend à les orienter au hasard, il doit être possible d'augmenter la magnétisation en affaiblissant l'agitation thermique, c'est-à-dire, en abaissant la température, au lieu de renforcer le champ. Cela est confirmé par l'expérience qui montre que la magnétisation est inversement proportionnelle à la température absolue, en accord quantitatif avec la théorie (Loi de Curie). L'appareillage moderne nous permet même, par abaissement de la température, de réduire l'agitation thermique à une valeur tellement faible que la tendance orientante du champ magnétique peut s'affirmer, sinon complètement, tout au moins suffisamment pour produire une fraction considérable de « magnétisation complète ». Dans ce cas, nous ne pouvons plus nous attendre à ce qu'une

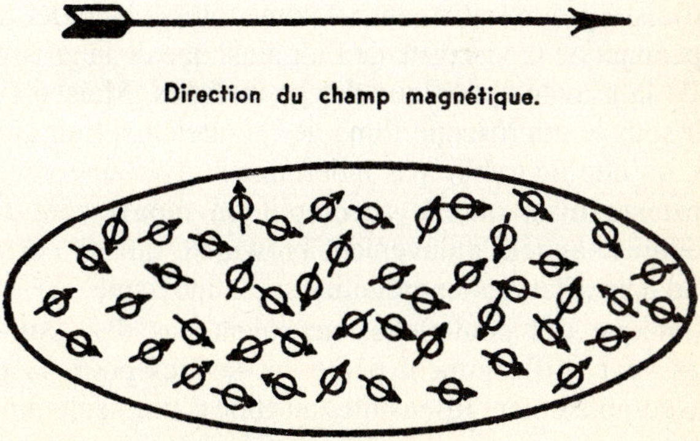

Fig. 1. **Paramagnétisme.**

duplication de l'intensité du champ double aussi la magnétisation, mais plutôt à ce que celle-ci croisse de moins en moins rapidement avec cette intensité et s'approche de plus en plus de ce qu'on appelle la « saturation ». Cette prévision est, elle aussi, confirmée quantitativement par l'expérience.

Il convient de noter que ce comportement dépend entièrement du grand nombre de molécules qui coopèrent à la production de la magnétisation observée. S'il n'en était pas ainsi celle-ci ne serait pas du tout constante, mais, en fluctuant tout à fait irrégulièrement d'une seconde à la suivante, elle mettrait en évidence les vicissitudes de la lutte entre l'agitation thermique et le champ.

8. Deuxième exemple (mouvement brownien, diffusion).

En introduisant dans la partie inférieure d'un vase clos en verre un brouillard composé de gouttes minuscules, on constate que la surface libre au sommet du brouillard s'affaisse progressivement avec une vitesse bien définie, dépendant de la viscosité de l'air ainsi que de la grosseur et de la gravité spécifique des gouttelettes. Mais si l'on suit sous le microscope l'une des gouttelettes l'on constate qu'elle ne tombe pas indéfiniment avec une vitesse constante mais qu'elle accomplit un mouvement très irrégulier, appelé mouvement brownien, qui ne correspond à un affaissement régulier qu'en moyenne.

Quoique ces gouttelettes ne soient pas des atomes, elles sont suffisamment petites et légères pour ne pas être complètement insensibles au choc d'une seule molécule parmi toutes celles qui martèlent leur surface par des impacts perpétuels. Elles sont donc projetées de-ci,

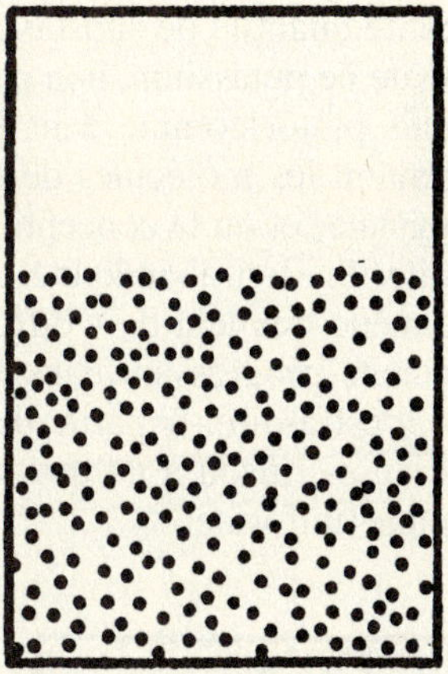

Fig. 2. **Brouillard en période de chute.**

Fig. 3. **Mouvement brownien d'une gouttelette en période de chute.**

de-là et ce n'est qu'en moyenne qu'elles manifestent l'influence régulière de la gravitation.

Cet exemple montre combien notre expérience serait singulière et chaotique si nos sens étaient susceptibles d'enregistrer l'impact de quelques molécules seulement. Il existe des bactéries et d'autres organismes assez petits pour être puissamment affectés par ce phénomène. Leurs mouvements sont déterminés par les caprices thermiques du milieu environnant ; ils n'ont pas le choix. S'ils étaient capables de locomotion propre, ils pourraient malgré tout réussir à se déplacer d'un point à un autre – mais avec quelque difficulté, parce qu'ils sont secoués par l'agitation thermique comme une barque minuscule sur une mer démontée.

Un phénomène intimement lié au mouvement brownien est celui de la *diffusion*. Imaginez un vase oblong et clos, rempli d'un liquide, par exemple de l'eau, et dans lequel on aurait dissous une petite quantité de substance colorée telle que du permanganate de potassium, non pas en concentration uniforme, mais plutôt comme dans la figure 4, où les cercles représentent les molécules de la substance dissoute (le permanganate) et où la concentration diminue de gauche à droite. Si l'on abandonne ce système à lui-même, un phénomène très lent de « diffusion » se produit, le permanganate progressant dans la direction de gauche à droite, c'est-à-dire, à partir des zones de concentrations supérieures, jusqu'à ce que sa répartition dans l'eau soit devenue uniforme.

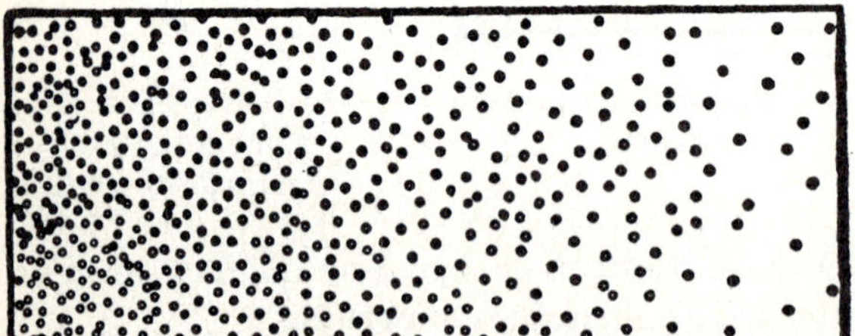

Fig. 4. **Diffusion de gauche à droite dans une solution de concentration variable.**

Ce qu'il y a de remarquable dans ce phénomène simple et en apparence assez peu intéressant, c'est qu'il n'est dû en aucune façon, comme on pourrait le croire, à une tendance ou à une force quelconque attirant les molécules de permanganate depuis les régions plus peuplées jusqu'à celles qui le sont moins – à la manière dont la population d'un pays essaime vers les régions où il y a plus d'espace vital. Il ne se passe rien de pareil dans le cas de nos molécules de permanganate. Chacune d'elles se meut tout à fait indépendamment de toutes les autres, qu'elle ne rencontre que très rarement. Chacune d'elles, qu'elle se trouve dans une région encombrée ou dans une autre plus ou moins vide, subit le sort commun à toutes d'être continuellement repoussées par les impacts des molécules d'eau et par conséquent de se mouvoir graduellement dans une direction imprévisible – parfois vers les hautes, parfois vers les basses concentrations et parfois aussi suivant une direction oblique. Le type de mouvement auquel elle est soumise a été souvent comparé à celui d'une personne ayant les yeux bandés, libre de circuler sur une large surface et animée d'un certain désir de « se déplacer », mais sans aucune préférence pour quelque direction particulière, et changeant ainsi continuellement sa trajectoire.

Que cette agitation au hasard des molécules de permanganate, la même pour toutes, puisse malgré tout produire un courant régulier vers la concentration inférieure et amène en fin de compte une distribution uniforme, est à première vue – mais seulement à première vue – troublant. Si pourtant l'on considère dans la figure 4 de minces tranches, chacune de concentration approximativement constante, les molécules de permanganate qui, à un instant donné, sont contenues dans une tranche déterminée, seront, il est vrai, en vertu de leur mouvement au hasard, projetées avec une égale probabilité vers la droite ou vers la gauche. Mais précisément à cause de ceci, un plan séparant deux tranches adjacentes sera traversé par plus de molécules venant de la gauche que par celles venant de la direction opposée, tout simplement parce qu'il y a à gauche plus de molécules animées de mouvements au hasard qu'il n'y en a à droite. Et aussi longtemps qu'il en sera ainsi il se produira un courant régulier de la gauche vers la droite, jusqu'à ce qu'une distribution uniforme ait été réalisée.

Si l'on traduit ces considérations en langage mathématique, on obtient la loi exacte de la diffusion sous la forme d'une équation différentielle partielle :

$$\frac{\delta\rho}{\delta t} = D\,\Delta^2\rho$$

avec la signification de laquelle je n'ennuierai pas le lecteur, quoiqu'elle soit, une fois encore, très simple à exprimer en langage ordinaire [1].

La raison pour laquelle on a énoncé ici la loi « mathématiquement exacte » sous cette forme rébarbative, est le désir de mettre l'accent sur la nécessité de contrôler son exactitude physique pour chacune des applications particulières. Étant basée sur le hasard pur, sa validité n'est que relative. Si, en règle générale, cette approximation est très bonne, cela est dû uniquement à la présence d'un nombre énorme de molécules coopérant au phénomène. Plus ce nombre est petit, plus nous devons nous attendre à de grandes déviations, d'ailleurs toutes soumises à la loi du hasard – et qui peuvent être observées lorsque les circonstances sont favorables.

1. À savoir : la concentration en un point quelconque augmente (ou diminue) avec le temps proportionnellement au surplus (ou au défaut) relatif de concentration dans son environnement infinitésimal. La loi de la conduction de la chaleur, soit dit en passant, a exactement la même forme, « concentration » devant simplement être remplacé par « température ».

9. Troisième exemple (limites de l'exactitude des mesures).

Le dernier exemple que nous donnerons ressemble fort au second, mais il offre un intérêt particulier. Un objet léger, suspendu par une longue fibre mince en équilibre d'orientation, est souvent utilisé par les physiciens pour mesurer de faibles forces qui l'écartent de cette position d'équilibre ; on l'applique à mesurer des forces électriques, magnétiques ou de gravitation, produisant une torsion autour de l'axe vertical. (L'objet léger doit, bien entendu, être approprié au but particulier que l'on se propose). Les efforts poursuivis sans cesse en vue d'améliorer la justesse de ce système de « balance de torsion », si communément employé, se sont heurtés à une limite curieuse, extrêmement intéressante par elle-même. En choisissant des objets de plus en plus légers, et des fibres de plus en plus longues et minces – de façon à rendre la balance plus sensible vis-à-vis de forces de plus en plus faibles – une limite ultime fut atteinte lorsque l'objet suspendu devint perceptiblement sensible aux impacts dus à l'agitation thermique des molécules environnantes et se mit à exécuter autour de sa position d'équilibre une « danse » incessante et irrégulière, très similaire au tremblement de la gouttelette considérée dans le deuxième exemple. Quoique ce comportement ne fixe pas de limite absolue à l'exactitude des mesures effectuées avec la balance, il en impose une du point de vue pratique. L'effet incontrôlable du mouvement thermique entre en compétition avec l'effet de la force à mesurer et enlève toute signification à l'unique déflection observée. On doit multiplier les observations en vue d'éliminer l'effet du mouvement brownien de l'instrument. Cet exemple est, je pense, particulièrement suggestif pour l'investigation présente. Car nos organes sensoriels constituent, en somme, une sorte d'instrument. Nous pouvons réaliser combien ils deviendraient inutilisables s'ils étaient par trop sensibles.

10. La règle $\sqrt{n}$

Nous en avons fini pour l'instant avec les exemples. J'ajouterai simplement qu'il n'y a pas une seule loi de la physique ou de la chimie, parmi toutes celles qui entrent en jeu essentiellement dans un organisme ou dans ses réactions avec le milieu environnant, qui ne puisse être choisie comme exemple. Il se pourrait que l'explication détaillée soit plus compliquée, mais le point saillant resterait toujours le même, et ainsi la description deviendrait monotone.

Je désire pourtant ajouter un énoncé quantitatif très important, relatif au degré d'inexactitude à prévoir pour une loi physique quelconque, et qu'on désigne sous le nom de règle $\sqrt{n}$. Nous allons d'abord l'illustrer par un exemple simple et puis la généraliser.

Quand je vous dis qu'un certain gaz, dans certaines conditions de pression et de température, a une certaine densité, et que j'exprime cela en précisant que, sous un certain volume (dont les dimensions sont appropriées à l'expérience en vue), il y a, dans ces conditions, exactement n molécules du gaz, vous pouvez être sûr que si, à un instant donné, vous parveniez à contrôler mon assertion, vous la trouveriez inexacte, avec une déviation de l'ordre de $\sqrt{n}$. Ainsi, lorsque le nombre $n = 100$, vous trouveriez une déviation de 10 environ, l'erreur relative étant par conséquent de 10 %. Mais si $n = 1$ million, vous trouveriez probablement une déviation de 1 000 environ, l'erreur relative n'étant plus que de $\frac{1}{10}$ %. Eh bien, d'une manière générale, cette loi statistique est tout à fait universelle. Les lois de la physique et de la physico-chimie sont inexactes, l'erreur relative probable étant de l'ordre de $\frac{1}{\sqrt{n}}$, où n représente le nombre de molécules qui coopèrent à l'établissement de cette loi – à réaliser sa validité dans telles régions de l'espace ou du temps (ou les deux) dont il faut tenir compte pour certaines considérations ou pour quelque expérience particulière.

On conclura de cela une fois de plus qu'un organisme doit avoir une structure comparativement massive pour pouvoir jouir du privilège de lois sensiblement exactes, autant pour sa vie propre que pour ses réactions avec le monde extérieur. Car sinon le nombre des particules coopérantes serait trop petit, la loi deviendrait par trop inexacte. La condition particulièrement stricte est la racine carrée. Car si un million est un nombre raisonnablement grand, une exactitude de 1 pour 1 000 seulement n'est pas exceptionnellement bonne quand il s'agit d'une chose qui réclame la dignité de « Loi de la Nature ».

Chapitre II

Le mécanisme héréditaire

Das Sein ist ewig ; denn Gesetze bewahren die lebend'gen Schätze, aus welchen sich das All geschmückt.

GOETHE.

Être est éternel, car il y a des lois pour préserver les trésors de la vie dont l'Univers se pare.

11. Les prévisions du physicien classique, loin d'être banales, sont fausses.

Nous sommes arrivés ainsi à la conclusion qu'un organisme et tous les processus biologiquement appropriés dont il est le siège, doivent posséder une structure extrêmement « polyatomique » et être protégés vis-à-vis d'événements « mono-atomiques » n'obéissant qu'à la loi du hasard et dont l'influence pourrait devenir trop importante. Le « physicien ingénu » nous assure que cela est essentiel pour que l'organisme puisse, en quelque sorte, s'appuyer sur des lois physiques suffisamment exactes pour mettre en marche son mécanisme merveilleusement régulier et parfaitement ordonné. Comment ces conclusions déduites « a priori », biologiquement parlant (c'est-à-dire en se plaçant au point de vue purement physique), cadrent-elles avec les faits biologiques réels ?

Au premier abord on incline à croire que les conclusions sont plutôt banales. Un biologiste d'il y a une trentaine d'années environ aurait pu dire que, s'il était tout à fait approprié pour un conférencier populaire de mettre l'accent sur l'importance de la physique statistique dans l'organisme comme ailleurs, ce point de vue n'était guère qu'un truisme familier. Car naturellement, non seulement le corps d'un individu adulte de n'importe quelle espèce supérieure, mais encore chacune des cellules isolées qui le composent, contient un nombre « cosmique » d'atomes isolés de toutes sortes. Et chaque processus physiologique particulier que nous observons, soit à l'intérieur de la cellule, soit dans ses réactions avec le milieu environnant, apparaît – ou plutôt apparaissait il y a trente ans – comme faisant intervenir des nombres tellement énormes d'atomes et de processus atomiques isolés que toutes les lois physiques ou physico-chimiques applicables seraient sauvegardées même en tenant compte de la demande très exigeante de la physique statistique en ce qui concerne les « grands nombres », demande qui vient d'être illustrée par la règle $\sqrt{n}$.

Nous savons à présent que cette opinion eût été une erreur. Comme nous allons le voir maintenant, des groupes incroyablement petits d'atomes, beaucoup trop petits pour se conformer à des lois statistiques exactes, jouent un rôle dominant dans les événements très bien ordonnés et réglés qui se produisent à l'intérieur d'un organisme vivant. Ils contrôlent les macro-caractères observés que l'organisme acquiert au cours de son développement ; ils déterminent des caractéristiques importantes de son fonctionnement, tout en obéissant à des lois biologiques très subtiles et très rigoureuses.

Je dois commencer par vous donner un sommaire très abrégé de la situation existant en biologie, et plus spécialement en génétique – en d'autres termes, il me faut exposer brièvement l'état actuel de nos connaissances dans un sujet que je ne domine pas. Ceci ne peut être évité et je m'en excuse, particulièrement vis-à-vis des biologistes, pour le caractère amateur de mon résumé. En outre, je me permettrai de vous présenter plus ou moins dogmatiquement les idées qui ont cours à présent. On ne peut attendre d'un simple théoricien de la physique qu'il produise une analyse réellement compétente des données expérimentales consistant, d'une part en un grand nombre de très longues séries d'expériences d'élevage, avec des recoupements magnifiques, et témoignant d'une ingéniosité inconnue auparavant, et d'autre part, en observations faites directement sur la cellule vivante, avec tous les raffinements de la microscopie moderne.

12. Le code héréditaire (chromosomes).

J'utiliserai le terme « modèle » d'un organisme dans le sens où le biologiste parle du « modèle à quatre dimensions » entendant par là, non seulement la structure et le fonctionnement de l'organisme adulte ou à tout autre moment particulier de son évolution, mais encore l'ensemble de son développement ontogénétique depuis l'ovule fécondé jusqu'au stade de maturité, alors que l'organisme commence à se reproduire. Or, il est établi que ce modèle intégral à quatre dimensions est fixé par la structure de cette seule cellule, l'ovule fécondé. En outre, nous savons qu'il est essentiellement déterminé par la structure d'une petite portion seulement de cette cellule, son noyau. Dans « l'état quiescent » normal de la cellule, ce noyau apparaît habituellement sous la forme d'un réseau de chromatine[1], réparti au travers de la cellule. Mais au cours des processus d'importance vitale de la division cellulaire (mitose et méiose, voir ci-dessous), il s'avère consister en un « jeu » de particules, généralement en forme de fibres ou de bâtonnets, qu'on appelle chromosomes, et qui sont au nombre de 8 ou 12, ou 48 comme chez l'homme. Mais il eût été préférable d'écrire ces nombres représentatifs sous la forme 2 × 4, 2 × 6,..., 2 × 24,..., et j'aurais dû parler de deux « jeux » en vue d'utiliser l'expression avec l'acception habituelle du biologiste. En effet, quoique les chromosomes isolés se distinguent et s'individualisent parfois par leur forme et leur grosseur, les deux « jeux » sont presque complètement identiques. Comme nous le verrons dans un instant, un des jeux provient de la mère (de l'ovule), l'autre du père (du spermatozoïde fécondant). Ce sont ces chromosomes, ou peut-être seulement un squelette fibreux axial de ce qui nous apparaît au microscope comme le chromosome, qui contiennent sous la forme d'une espèce de code, le modèle intégral du développement futur de l'individu et de son fonctionnement dans l'état adulte. Chaque jeu complet de chromosomes renferme le code intégral ; de sorte qu'il y a en général deux exemplaires de ce dernier dans l'ovule fécondé, formant le stade initial du futur individu.

En donnant à la structure des fibres chromosomiques le nom de code, nous entendons signifier que l'esprit omniscient conçu un jour par Laplace, et pour qui tout rapport causal serait immédiatement déchiffrable, pourrait immédiatement déduire de cette structure si l'œuf, placé dans des conditions convenables, se développerait en coq noir ou en poule tachetée, en mouche ou plante de maïs,

1. Le mot signifie « la substance qui s'empare du colorant », par ex. lors de l'emploi d'une certaine méthode de teinture, utilisée dans la technique du microscope.

rhododendron, scarabée, souris ou femme. Nous ajouterons encore que les aspects des ovules sont très souvent remarquablement similaires ; et même quand ils ne le sont pas, comme c'est le cas pour les œufs comparativement gigantesques des oiseaux et des reptiles, la différence ne tient pas tellement dans les structures correspondantes que dans la nature des matériaux nutritifs qui, dans ces cas-là, y sont ajoutés pour des raisons évidentes.

Mais le terme code est, bien entendu, trop étroit. Les structures chromosomiques servent en même temps à réaliser le développement qu'ils symbolisent. Ils sont le code de loi et le pouvoir exécutif – ou, pour employer une autre analogie, ils sont à la fois le plan de l'architecte et l'œuvre d'art de l'entrepreneur.

13. Développement du corps par division cellulaire (mitose).

Comment se comportent les chromosomes lors de l'ontogénie ?[1].

L'accroissement d'un organisme s'effectue au moyen de divisions cellulaires consécutives. Une telle division cellulaire s'appelle mitose. Dans la vie d'une cellule ce n'est pas un événement d'une fréquence aussi grande qu'on pourrait s'y attendre lorsqu'on prend en considération le nombre de cellules dont notre corps est composé. Au début, l'accroissement est rapide. L'ovule se divise en deux cellules-filles qui, à l'échelon suivant, produiront une génération de quatre, puis de 8, 16, 32, 64,…, etc. La fréquence de la division ne demeurera pas exactement la

1. L'ontogénie est le développement de l'individu, au cours de sa vie, par opposition à la phylogénie, qui est le développement de l'espèce au cours des périodes géologiques.

même dans toutes les parties du corps en croissance, ce qui aura pour effet de rompre la régularité de ces nombres. Mais par un calcul facile nous pouvons déduire de leur accroissement rapide qu'il suffira en moyenne de 50 à 60 divisions successives pour former le nombre de cellules d'une homme adulte – ou, mettons, dix fois ce nombre[1], en tenant compte du renouvellement des cellules pendant la vie. Ainsi une cellule de mon corps n'est, en moyenne, que le 50e ou le 60e « descendant » de l'œuf que je fus.

14. Au cours de la mitose, chaque chromosome subit une duplication.

Comment se comportent les chromosomes lors de la mitose ? Ils subissent une duplication : les deux jeux, les deux exemplaires du code, sont multipliés par deux. Ce processus a été l'objet d'une étude intensive au microscope ; elle est d'un intérêt fondamental, mais beaucoup trop complexe pour être décrite ici en détail. Le point saillant est que chacune des deux « cellules-filles » reçoit une dotation de deux nouveaux jeux complets de chromosomes, exactement pareils à ceux de la cellule procréatrice. Ainsi toutes les cellules du corps sont identiques du point de vue de leur trésor chromosomique[2]. Si imparfaitement que nous comprenions ce mécanisme, nous ne pouvons nous empêcher de penser qu'il doit être, en quelque manière, en rapport intime avec le fonctionnement de l'organisme, pour que chaque cellule, même une d'importance moindre, soit en possession d'un exemplaire complet (double) du code. Il y a quelque temps nous avons appris

1. Très grossièrement, une centaine ou un millier de trillions.
2. Le biologiste voudra bien me pardonner d'omettre, dans ce bref sommaire, le cas exceptionnel des mosaïques.

par les journaux que, lors de sa campagne d'Afrique, le général Montgomery se faisait un devoir de veiller à ce que chaque simple soldat de son armée fût méticuleusement informé de tous ses desseins. Si cela est vrai (comme il est concevable que cela soit, considérant la grande intelligence de ses troupes et la confiance qu'on pouvait leur accorder), nous avons là une analogie excellente avec le cas qui nous occupe, où il est hors de doute que le fait correspondant est littéralement exact. La chose la plus étonnante, c'est la duplication du jeu chromosomique qui se maintient tout au long des divisions par voie de mitose. C'est bien là le trait le plus caractéristique du mécanisme génétique, comme nous le révèle la seule et unique exception à la règle, qu'il nous faut discuter maintenant.

15. Division par réduction chromosomique (méiose) et fécondation (syngamie).

Très peu de temps après le moment où le développement de l'individu a commencé, un groupe de cellules est réservé pour la production ultérieure des gamètes, c'est-à-dire des cellules spermatiques ou ovulaires indispensables à la reproduction de l'individu arrivé à la maturité sexuelle. Par « réservé », nous entendons que ces cellules n'ont momentanément aucun autre rôle à remplir ; elles ne font que subir quelques divisions par mitose, mais en nombre considérablement moindre. La division exceptionnelle par réduction chromosomique (appelée méiose) est celle en vertu de laquelle, éventuellement à la maturité, les gamètes sont produits à partir des cellules réservées et en général très peu de temps avant que la syngamie s'effectue. Lors de la réduction chromosomique, le jeu double de chromosomes de la cellule-mère se sépare simplement en deux jeux simples, dont chacun va à l'une des deux cellules-filles, les gamètes. En d'autres termes, la duplication par mitose du nombre des chromosomes n'a pas lieu lors de la méiose ; ce nombre reste constant, et ainsi chaque gamète ne reçoit que la moitié (c'est-à-dire rien qu'un seul exemplaire complet du code, et non deux) ; par exemple, chez l'homme, vingt-quatre seulement et non pas deux fois vingt-quatre, soit quarante-huit.

Les cellules qui ne possèdent qu'un seul jeu de chromosomes sont dites haploïdes (du grec ἁπλοῦς, unique). Ainsi, les gamètes sont haploïdes, les cellules ordinaires du corps sont diploïdes (du grec διπλοῦς, double). Des individus possédant trois, quatre... ou, en général, plusieurs jeux de chromosomes dans toutes leurs cellules somatiques existent occasionnellement ; de pareilles cellules sont dites triploïdes, tétraploïdes..., polyploïdes.

Au cours de l'acte de syngamie, le gamète mâle (le spermatozoïde) et le gamète femelle (l'ovule), cellules haploïdes l'une et l'autre, se soudent pour former l'ovule fécondé, qui est donc diploïde. L'un de ces jeux de chromosomes provient de la mère, l'autre du père.

Les photographies de la planche I donnent une idée de l'aspect sous lequel les chromosomes apparaissent au microscope. J'en suis redevable à l'amabilité des « Imperial Chemical Industries Limited » et du Dr C.-D. Darlington, dont l'ouvrage, *Le Maniement des Chromosomes* (Allen et Unwin, 1942) présente au lecteur intéressé un grand nombre d'autres documents d'espèces similaires et d'une beauté insurpassable. Sur la planche colorée II, j'ai essayé de donner un aperçu schématique des trois processus fondamentaux de la mitose, de la méiose et de la syngamie (fécondation), dans le cas de la petite mouche à fruit, la Drosophile, qui joue un rôle exceptionnellement important dans la génétique moderne et qui possède le nombre chromosomique (haploïde) 4. Les quatre chromosomes différents ont été différenciés par les couleurs verte, noire, rouge et bleue. En médaillon (a), le jeu chromosomique d'une cellule somatique diploïde est figuré à grande échelle. Ceci n'a pour but que d'aider à la compréhension des diagrammes (b) – (d), reproduits à une échelle réduite et seulement schématique. Qu'il me soit permis de décharger ma conscience par la confession que, dans le cas de la réduction chromosomique, tant pour la description précédente que pour le diagramme, j'ai utilisé une simplification qui est sans inconvénient pour notre but[1].

16. Individus haploïdes.

Un autre point requiert une rectification. Sans être indispensable à notre but, il a un intérêt tout spécial, car il prouve que, dans chaque jeu simple de chromosomes, se trouve réellement un code assez complet du « modèle ».

Il y a des cas de méiose non suivis peu après de fécondation, de sorte que la cellule haploïde (le « gamète ») subit entre temps de nombreuses divisions cellulaires par voie de mitose, ce qui a pour résultat de développer un individu entièrement haploïde. Cela se produit par exemple pour l'abeille mâle, le bourdon, qui est formé parthénogénétiquement, c'est-à-dire à partir d'œufs non fécondés, et par conséquent haploïdes, de la reine. Toutes les cellules de son corps sont haploïdes. Le bourdon n'a pas de père ! Si vous préférez, vous pouvez le considérer comme un spermatozoïde colossalement exagéré ; et en fait, comme

1. En fait, la méiose comporte, non pas une seule division sans duplication du nombre chromosomique, mais deux divisions en succession immédiate, presque simultanées, mais avec une seule duplication. Le résultat, c'est tout simplement qu'il se forme à la fois quatre gamètes haploïdes, au lieu de deux.

PLANCHE I

Chromosomes appariés dans le pollen des cellules-mères de deux spécimens de *Tradescantia*. *À droite :* six paires dans une cellule fixée et colorée à l'acétate d'orcéine. *À gauche :* douze paires dans une cellule vivante photographiée à la lumière ultra-violette (grossissement 1 000).

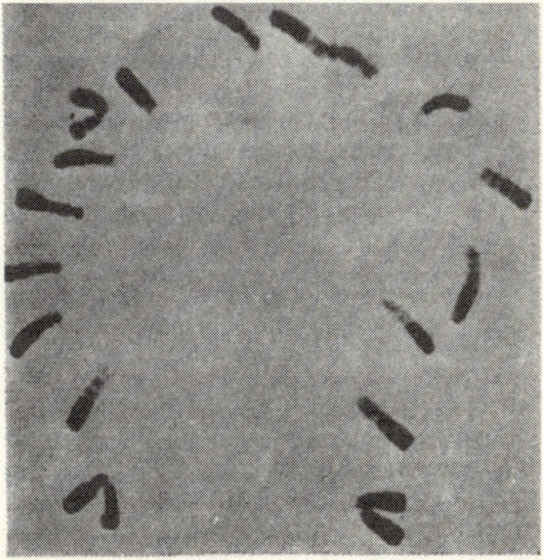

Chromosomes affaiblis réduits par un traitement à froid dans les grains de pollen de la *Fritillaria pudica*. Les bandes pâles sont des segments inertes (gr. 1 800).

PLANCHE II

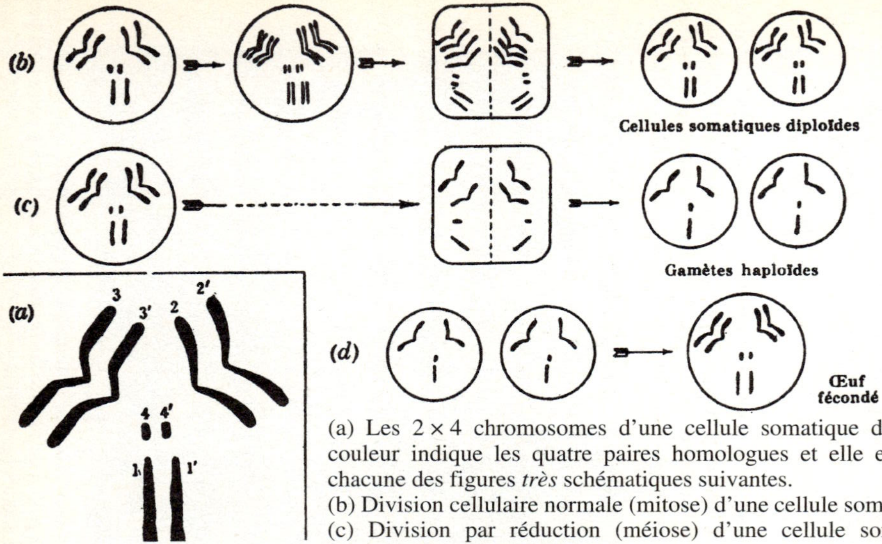

(a) Les 2 × 4 chromosomes d'une cellule somatique de *Drosophila*. La couleur indique les quatre paires homologues et elle est respectée dans chacune des figures *très* schématiques suivantes.
(b) Division cellulaire normale (mitose) d'une cellule somatique diploïde.
(c) Division par réduction (méiose) d'une cellule somatique diploïde, formant des gamètes haploïdes.
(d) Fécondation (syngamie). Les gamètes haploïdes mâle et femelle s'unissent pour former l'œuf diploïde fécondé.

PLANCHE III

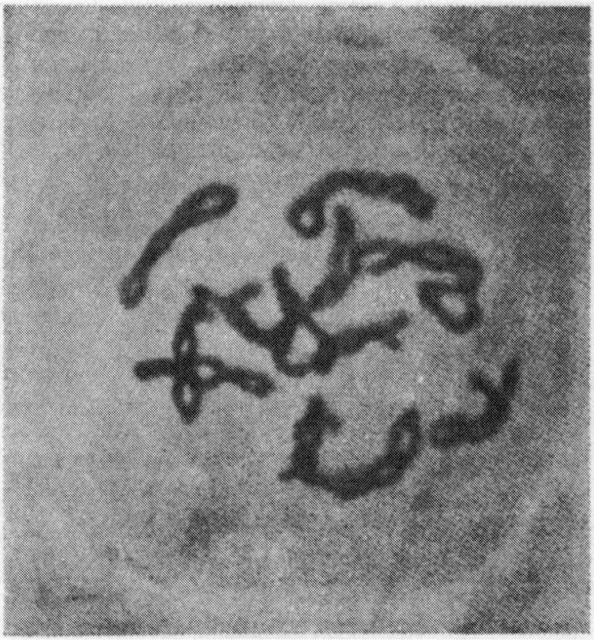

Douze chromosomes appariés dans le pollen d'une cellule mère d'un lys, *Fritillaria chitralensis*. Les points où les boucles se rencontrent marquent les positions du « crossing-over » entre les partenaires (gross. 1 600).

PLANCHE IV

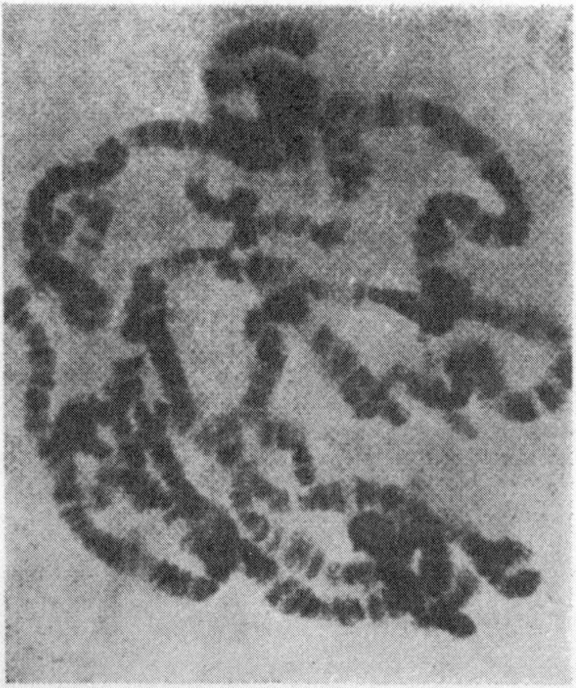

Noyau résiduel d'une glande salivaire de la mouche *Drosophila melanogaster*. Les gènes ont subi huit cycles de reproduction et apparaissent ainsi comme des séries de plaques plates, chacune avec deux cent cinquante-six gènes. Les plus grands gènes forment des bandes plus foncées (gross. 1 500).

chacun le sait, sa tâche unique dans la vie est de remplir cette seule et unique fonction. Mais c'est peut-être là un point de vue trop bizarre ; car ce cas n'est pas tout à fait le seul. Il existe des familles de plantes pour lesquelles le gamète haploïde, produit par méiose et appelé spore, tombe à terre et, pareil à une semence, se développe en une véritable plante haploïde. La fig. 5 est une grossière esquisse d'une mousse, bien connue dans nos forêts. La partie inférieure, feuillue, est la plante haploïde, appelée gamétophyte parce qu'à son extrémité supérieure se développent des organes sexuels et des gamètes qui, par fécondation mutuelle, produisent à la manière ordinaire la plante diploïde, une tige nue portant une capsule au sommet. Ce dernier tronçon est appelé sporophyte parce qu'il produit, par méiose, les spores dans la capsule supérieure. Quand celle-ci s'ouvre, les spores tombent sur le sol et donnent naissance à une tige feuillue, etc.

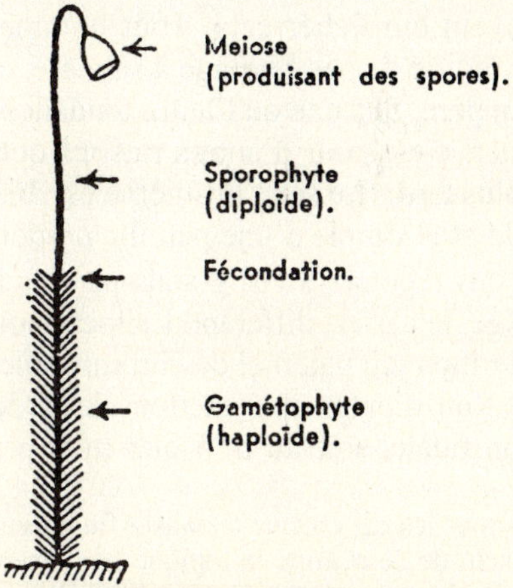

Fig. 5. **Alternance de générations.**

Cette suite d'événements est appelée, avec propriété, alternance des générations. Vous pouvez, si cela vous plaît, considérer le cas ordinaire de l'homme et des animaux sous le même jour. Mais le « gamétophyte » n'est alors, en règle générale, qu'une génération unicellulaire, spermatozoïde ou ovule suivant le cas, dont la vie est extrêmement courte. Notre corps correspond à un sporophyte. Nos « spores » sont les cellules réservées à partir desquelles se développe, par méiose, la génération unicellulaire.

17. L'importance fondamentale de la division par réduction chromosomique.

L'événement important, réellement marquant, dans le processus de reproduction de l'individu n'est pas la fécondation, mais la méiose. Un jeu de chromosomes vient du père, l'autre de la mère. Ni le hasard, ni la destinée ne peuvent empêcher cela. Tout homme[1] est redevable de la moitié de son héritage à sa mère, et de l'autre moitié à son père. Si l'une ou l'autre tendance paraît souvent dominer, c'est pour d'autres raisons que nous examinerons plus tard. (Le sexe lui-même est, bien entendu, l'exemple le plus simple d'une pareille prédominance.)

Mais si vous reportez à vos grands-parents l'origine de votre héritage, le cas est différent. Laissez-moi fixer votre attention sur mon jeu paternel de chromosomes et en particulier sur l'un d'entre eux, mettons le n° 5. C'est une reproduction fidèle, soit du n° 5 que mon père reçut du

1. Et dans tous les cas chaque *femme*. Afin d'éviter toute prolixité, j'ai exclu de ce résumé le topique hautement intéressant de la détermination sexuelle et des propriétés liées au sexe (par exemple le daltonisme).

sien ou du n° 5 provenant de sa mère. Cette alternative fut décidée par un hasard de 50 : 50 lors de la méiose qui se produisit dans le corps de mon père en novembre 1886 et donna naissance au spermatozoïde qui réussit quelques jours plus tard à m'engendrer. Exactement la même histoire pourrait être répétée au sujet des chromosomes n° 1, 2, 3… 24 de ma série paternelle, et *mutatis mutandis*, au sujet de chacun de mes chromosomes maternels. En outre, toutes les 48 alternatives sont entièrement indépendantes. Même si l'on était certain que mon chromosome paternel n° 5 provenait de mon grand-père Joseph Schrödinger, le n° 7 a exactement autant de chances d'être aussi de lui ou de sa femme Marie, née Bogner.

18. « Crossing-over ». Localisation de propriétés.

Mais pour mélanger chez la progéniture les héritages des grands-parents le simple hasard a encore bénéficié d'une plus grande liberté qu'il ne ressort de la description précédente : en effet, il a été supposé tacitement ou même énoncé explicitement qu'un certain chromosome, considéré comme un tout indivisible, provenait soit du grand-père, soit de la grand-mère ; en d'autres termes, que les chromosomes isolés sont transmis intégralement. Dans la réalité, il n'en est pas ainsi, ou du moins pas toujours. Avant de se séparer au cours de la division par réduction chromosomique se produisant par exemple dans le corps du père, deux chromosomes « homologues » quelconques entrent l'un avec l'autre en contact intime, ce qui provoque parfois un échange de tronçons entiers, suivant la manière illustrée dans la figure 6 (la planche III donne de cet événement une microphotographie où l'on constate des contacts d'une intimité et d'une multiplicité encore plus grande). Grâce à ce processus

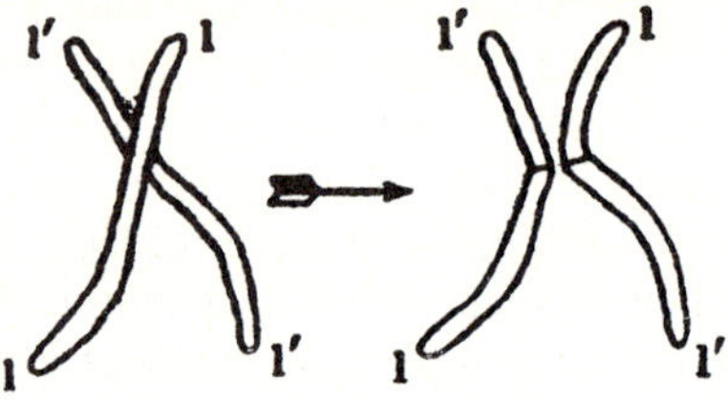

Fig. 6. **« Crossing-over » ou entrecroisement.**
À gauche : les chromosomes homologues sont en contact.
À droite : après échange et séparation.

appelé « crossing-over » ou « entrecroisement », deux propriétés situées dans les parties correspondantes de ce chromosomes seront séparées chez le petit-fils, qui ressemblera au grand-père pour l'une d'elles et à la grand'mère pour l'autre. L'acte d'entrecroisement, qui n'est ni très rare ni très fréquent, nous a procuré des informations très précieuses au sujet de la localisation des propriétés dans les chromosomes. Pour être complet, nous devrions nous appuyer sur des conceptions qui ne seront introduites que dans le prochain chapitre (par exemple : hétérozygosie, dominance, etc.) ; mais comme cela nous entraînerait hors des limites de ce petit livre, je m'en vais indiquer tout de suite le point saillant.

S'il n'y avait pas d'entrecroisements, il faudrait que deux propriétés dont le même chromosome est responsable soient toujours transmises ensemble, de sorte qu'aucun descendant ne recevrait jamais l'une sans recevoir en même temps l'autre ; mais deux propriétés provenant de deux chromosomes différents auraient, soit une probabilité de 50 : 50 d'être réunies, soit une certitude d'être toujours séparées – ce dernier cas se produisant pour des propriétés situées dans des chromosomes homologues du même ancêtre et ne pouvant jamais être transmises ensemble.

Ces règles et ces effets du hasard sont dérangés par suite des entrecroisements. Par conséquent la probabilité de cet événement peut être évaluée en enregistrant soigneusement la composition en pourcentage des descendants, au cours de nombreuses expériences d'élevage, soigneusement projetées en vue du but à atteindre. Pour l'analyse des statistiques on admet l'hypothèse de travail suggestive que l'« association » entre deux propriétés situées dans le même chromosome est d'autant moins fréquemment rompue par un entrecroisement qu'elles sont plus voisines l'une de l'autre. Car il y a alors moins de chances que le point d'échange soit situé entre elles, tandis que les propriétés localisées au voisinage des extrémités opposées des chromosomes sont séparées lors de chaque entrecroisement (les mêmes remarques s'appliquent à la recombinaison de propriétés localisées dans des chromosomes homologues du même ancêtre). De cette façon, on peut espérer obtenir à partir de la « statistique des associations » une sorte de « carte des propriétés » pour chacun des chromosomes.

Ces anticipations ont été pleinement confirmées. Dans le cas où l'on a appliqué des épreuves complètes de contrôle (surtout, mais pas uniquement, avec la Drosophile) les propriétés examinées se divisent effectivement en autant de groupes séparés, sans aucune association d'un groupe à l'autre, qu'il y a de chromosomes différents (quatre chez la Drosophile). Pour chacun des groupes, on peut établir une carte linéaire des propriétés, qui rend compte quantitativement du degré d'association entre deux propriétés quelconques de ce groupe, de sorte qu'il n'y a guère de doute qu'elles sont effectivement localisées, et en outre localisées le long d'une ligne, comme le suggère la forme des bâtonnets des chromosomes.

Le plan du mécanisme héréditaire, tel qu'il est esquissé ici, est sans doute plutôt vide et incolore, et même légèrement naïf, car nous n'avons pas dit ce que nous entendons exactement par une propriété. Il ne parait ni approprié, ni même possible de disséquer en « propriétés » distinctes le modèle d'un organisme qui est essentiellement une unité, un « tout ». Ce que nous envisageons dans un cas particulier c'est que deux ancêtres différent sous un certain rapport bien défini (par exemple, l'un avait des yeux bleus, l'autre les avait bruns), et que le descendant suit, du point de vue de ce caractère ou l'un ou l'autre. Ce que nous localisons dans le chromosome, c'est le support de cette différence. Nous l'appelons, en langage technique, un « locus » ou « lieu », ou, si nous pensons à la structure matérielle hypothétique qui lui sert de support, un « gène ». À mon avis, le concept fondamental est plutôt la différence de propriété que la propriété elle-même, et cela malgré l'apparente contradiction linguistique et logique de cet énoncé. Les différences de propriétés sont effectivement discontinues comme il apparaîtra dans le chapitre suivant, quand nous viendrons à parler des mutations. Le schéma trop sec présenté jusqu'à présent y acquerra, j'espère, plus de vie et de couleur.

19. Grosseur maxima d'un gène.

Nous venons d'introduire le terme « gène » pour désigner le support matériel hypothétique d'un trait héréditaire défini. Il nous faut maintenant insister sur deux points qui se rapportent intimement à notre investigation. Le premier est la grosseur – ou plutôt la grosseur maxima – d'un tel support ; en d'autres termes, jusqu'à quel volume pourrons-nous faire remonter la localisation ? Le second point est la permanence du gène, qu'on peut déduire de la durabilité du modèle héréditaire.

En ce qui concerne la grosseur, il existe deux évaluations entièrement indépendantes, l'une basée sur des données génétiques (expériences d'élevage), l'autre sur des données cytologiques (examen microscopique direct). La première est, en principe, assez simple. Après avoir, de la façon indiquée plus haut, localisé dans le chromosome un très grand nombre de caractères différents (à grande échelle, par exemple ceux de la mouche Drosophile), il suffit, en vue d'arriver pour un chromosome particulier à l'évaluation cherchée, de diviser la longueur mesurée de ce chromosome par le nombre de caractères et de multiplier par la section transversale. Bien entendu nous ne comptons comme différents que les caractères qui sont séparés occasionnellement par un entrecroisement, c'est-à-dire qui ne peuvent être dus à la même structure (microscopique ou moléculaire). D'autre part il est clair que notre évaluation ne peut nous donner qu'une grosseur maxima, car le nombre de caractères isolés par l'analyse génétique augmente continuellement, au fur et à mesure que les recherches progressent.

L'autre évaluation, malgré qu'elle soit basée sur un examen microscopique, est en réalité beaucoup moins directe. Certaines cellules de la Drosophile (notamment celles de ses glandes salivaires) sont, pour quelque raison, énormément grossies, et il en est de même de leurs chromosomes. On peut y distinguer un modèle compact de bandes sombres transversales, au travers de la fibre (voir planche IV). C.-D. Darlington a fait remarquer que le nombre de ces bandes (2 000 dans le cas considéré par lui), tout en étant nettement plus grand, est pourtant grossièrement du même ordre de grandeur que le nombre de gènes localisés dans ce chromosome à la suite d'expériences d'élevage. Il incline à considérer ces bandes comme indiquant les gènes réels (ou les séparations de gènes). En divisant la longueur du chromosome (mesurée dans une cellule de grosseur normale) par leur nombre (2 000), il trouve le volume d'un gène égal à celui d'un cube de côté 300 A. Considérant le peu de précision de ces évaluations, nous pouvons considérer ce nombre comme représentant aussi la grosseur obtenue par la première méthode.

20. Petits nombres.

Une discussion complète de la portée de la physique statistique sur tous ces faits que je rappelle – ou plutôt, devrais-je dire, de la portée de ces faits sur l'application de la physique statistique à la cellule vivante, suivra ultérieurement. À présent je désire attirer l'attention sur le fait que 300 A ne représentent qu'environ 100 à 150 distances atomiques dans un liquide ou un solide, de sorte qu'un gène ne contient certainement qu'un seul million ou tout au plus quelques millions d'atomes. Ce nombre est beaucoup trop petit (du point de vue de $\sqrt{n}$) pour engendrer un comportement ordonné et réglé d'après la physique elle-même. Ce nombre est trop petit, même si tous ces atomes jouaient le même rôle, comme ils le font dans un gaz ou dans une goutte de liquide. Et le gène n'est très certainement pas une simple goutte homogène de liquide. C'est probablement une grosse molécule de protéine, dans laquelle chaque atome, chaque radical, chaque noyau hétérocyclique joue un rôle individuel, plus ou moins différent de celui rempli par l'un quelconque des autres atomes, radicaux ou noyaux similaires. Ceci est, en tout cas, l'opinion de généticistes éminents tels que Haldane et Darlington ; nous aurons sous peu l'occasion de mentionner des expériences génétiques qui ne sont pas loin de le prouver.

21. Permanence.

Examinons maintenant la seconde question, importante pour notre but. Quel degré de permanence constatons-nous dans les propriétés héréditaires et que devons-nous par conséquent attribuer aux structures matérielles qui leur servent de supports ?

La réponse à cette question peut réellement être donnée sans aucune recherche spéciale. Le simple fait que nous les appelons propriétés héréditaires indique que nous admettons la permanence comme étant pour ainsi dire absolue. Car nous ne devons pas oublier que ce qui est transmis par le procréateur à l'enfant n'est pas simplement telle ou telle particularité, un nez crochu, des doigts courts, une prédisposition aux rhumatismes, à l'hémophilie, au daltonisme, etc. Nous pouvons faire un choix commode de pareils caractères pour étudier les lois de l'hérédité. Mais en fait, c'est l'ensemble (à quatre dimensions) du modèle du « phénotype », la nature visible et manifeste de l'individu, qui se reproduit sans changement appréciable pendant des générations, qui est permanent pendant des siècles – sans l'être pourtant pendant des dizaines de milliers d'années – et qui, à chaque transmission, est porté par la structure matérielle des noyaux des deux cellules qui se fusionnent pour former l'ovule fécondé. C'est là une merveille – qui n'est surpassée que dans un seul cas ; ce cas, tout en étant intimement lié au premier, se trouve pourtant sur un plan différent. J'entends par là le fait que nous, dont l'être tout entier est complètement basé sur un merveilleux agencement de cette sorte, nous possédions le pouvoir d'acquérir des connaissances considérables à ce sujet. Je pense qu'il est possible que cette connaissance puisse progresser jusqu'aux abords d'une compréhension parfaite de la première merveille. La seconde pourrait bien être hors de portée de l'entendement humain.

Chapitre III

Mutations

Und was in schwankender Erscheinung schwebt,
Befestiget mit dauernden Gedanken.

GOETHE.

Et ce qui flotte sous une apparence incertaine,
fixez-le par des pensées durables.

22. Mutations par sauts brusques – Le substrat de la sélection naturelle.

Les faits généraux qui viennent d'être mis en avant comme preuves de la *durabilité* revendiquée pour la structure des gènes nous sont peut-être trop familiers pour être frappants ou pour qu'on les considère comme convaincants. Ici, pour une fois, l'adage populaire qui prétend que les exceptions confirment la règle, est parfaitement vrai. S'il n'y avait pas d'exceptions à la ressemblance entre enfants et parents, nous eussions été privés, non seulement de toutes les magnifiques expériences qui nous ont révélé le mécanisme détaillé de l'hérédité, mais aussi de cette expérience grandiose, répétée des millions de fois par la nature, qui crée les espèces par sélection naturelle et survivance des mieux doués.

Je propose de choisir ce dernier sujet, si important, comme point de départ pour la présentation des faits adéquats – une fois de plus avec mes excuses et un rappel que je ne suis pas un biologiste :

Nous savons avec certitude, à présent, que Darwin se trompa en considérant les petites variations, continues et accidentelles, qui ne peuvent manquer de se produire même parmi les populations les plus homogènes, comme la matière sur laquelle s'opère la sélection. Car il a été prouvé qu'elles ne sont pas héréditaires. Le fait est assez important pour être illustré brièvement. En mesurant, épi par épi, la longueur des barbes des épis d'une récolte d'orge très pur, et en portant les résultats de votre statistique sur des axes de coordonnées, vous obtenez une courbe en cloche, comme l'indique la figure 7, où le nombre des épis dont les barbes ont une longueur définie

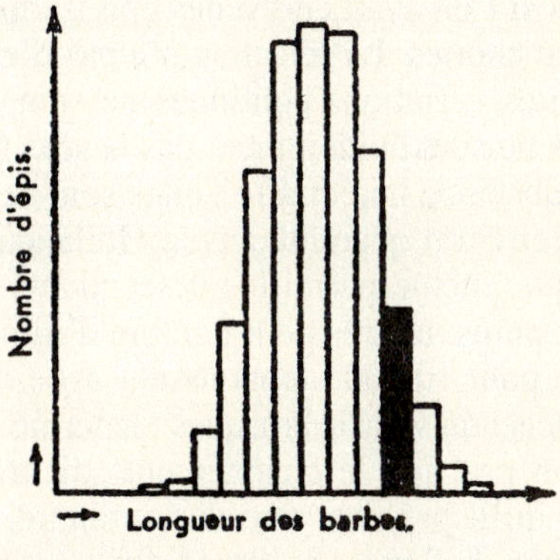

Fig. 7. **Statistique se rapportant à la longueur des barbes dans une récolte pure. Le groupe correspondant au rectangle noirci a été choisi pour être ensemencé. (Les détails ne se rapportent pas à une véritable expérience, mais ont été choisis à titre d'illustration).**

est porté en ordonnée, cette longueur étant elle-même portée en abcisse. En d'autres termes, une longueur moyenne bien définie prévaut et il se produit de part et d'autre des déviations, caractérisées par certaines fréquences. Sélectionnons maintenant, comme il est indiqué par le rectangle noirci, un groupe d'épis ayant des barbes de longueurs sensiblement plus grandes que la moyenne, mais en nombre suffisant pour pouvoir être semés par eux-mêmes dans un champ et donner une nouvelle récolte. En établissant la même statistique pour ce cas, Darwin se serait attendu à voir la courbe correspondante se déplacer vers la droite. En d'autres termes, il aurait espéré produire par sélection un accroissement de la longueur moyenne des barbes. Ce n'est pourtant pas ainsi que les choses se passent lorsqu'on est parti d'une récolte d'orge provenant d'une semence bien pure. La nouvelle courbe statistique, obtenue à partir de la récolte sélectionnée, est identique avec la première et il en serait encore ainsi si l'on avait choisi des épis garnis de barbes spécialement courtes. La sélection n'a pas d'effet – parce que les petites variations continues ne sont pas héréditaires ; elles ne sont évidemment pas basées sur la structure de la substance héréditaire ; elles sont accidentelles. Mais il y a environ quarante ans le Hollandais de Vries découvrit que, même parmi les descendants de souches absolument pures, un très petit nombre d'individus, mettons 2 ou 3 pour 10 000, apparaissent avec des changements peu accentués, mais brusques ; le terme « brusque » signifie, non pas que le changement soit très considérable, mais qu'il présente une discontinuité, en ce sens qu'il n'y a pas de formes intermédiaires entre les individus inchangés et les quelques-uns qui ont changé. De Vries appelle ce phénomène une mutation. Le fait significatif en est la discontinuité. Ceci rappelle à un physicien la théorie des quanta – pas d'énergies intermédiaires entre deux niveaux voisins d'énergie. Il serait tenté d'appeler, d'une façon figurée, la théorie des mutations de de Vries, la théorie quantique de la biologie. Nous verrons plus tard que cette image est beaucoup plus que symbolique. Les mutations sont dues en fait à des sauts quantiques dans la molécule du gène. Mais la théorie des quanta n'avait que deux ans d'existence quand de Vries publia pour la première fois sa découverte, en 1902. Il n'est pas étonnant qu'il fallut une nouvelle génération pour découvrir le rapport intime !

23. Elles se transmettent pures, c'est-à-dire, qu'elles sont parfaitement héréditaires.

Les mutations sont transmises aussi parfaitement que l'étaient les caractères originaux avant leur transformation. À titre d'exemple, il se pourrait que dans la première récolte d'orge considérée ci-dessus, quelques épis possèdent des barbes notablement en dehors de l'intervalle de variabilité représenté dans la figure 7 ; mettons des épis qui n'auraient pas de barbes du tout. Ceux-là pourraient représenter une mutation de de Vries et se transmettraient alors parfaitement purs, c'est-à-dire, que tous leurs descendants seraient également dépourvus de barbes.

Ainsi, une mutation correspond indiscutablement à un changement dans le trésor héréditaire et doit être attribuée à quelque transformation dans la substance héréditaire. En effet, la plupart des expériences importantes d'élevage qui nous ont révélé le mécanisme de l'hérédité, consistaient en une analyse minutieuse des descendants obtenus par croisement, suivant un plan préconçu, entre individus mutants (et, en de nombreux cas, des polymutants) avec des non-mutants ou encore avec des mutants ayant subi des mutations différentes. D'autre part, en vertu de leur pureté, les mutations constituent un substrat approprié sur lequel la sélection naturelle peut travailler et produire les espèces du type décrit par Darwin, par élimination des déficients et préservation des mieux doués. Dans la théorie de Darwin, il suffit de substituer « mutations » à « légères variations accidentelles » (de même que la théorie des quanta, substitue « saut quantique » à « transfert continu d'énergie »). À tous autres égards, il n'y a que peu de changements à apporter à la théorie de Darwin, du moins pour autant que j'interprète correctement l'opinion de la majorité des biologistes [1].

24. Localisation. Récessivité et dominance.

Il nous faut à présent passer en revue quelques autres données et notions fondamentales relatives aux mutations et, une fois encore, sous une forme légèrement dogmatique, sans indiquer directement comment elles se dégagent, une par une, de l'évidence expérimentale.

Nous devrions nous attendre à ce qu'une certaine mutation observée soit causée par un changement dans une région définie de l'un des chromosomes. Et il en est effectivement ainsi. Il est important de spécifier que

1. On a beaucoup discuté la question de savoir si la sélection naturelle pouvait être assistée (sinon remplacée) par une tendance marquée pour les mutations de se produire dans une direction utile ou favorable. Mon opinion personnelle à ce sujet n'a aucune importance, mais il est nécessaire de souligner que l'éventualité de « mutations dirigées » a été ignorée dans tout ce qui suit. En outre, je ne puis prendre ici en considération l'action réciproque des « Switch-genes » et des polygènes, quelle que soit son importance par rapport au mécanisme réel de la sélection et de l'évolution.

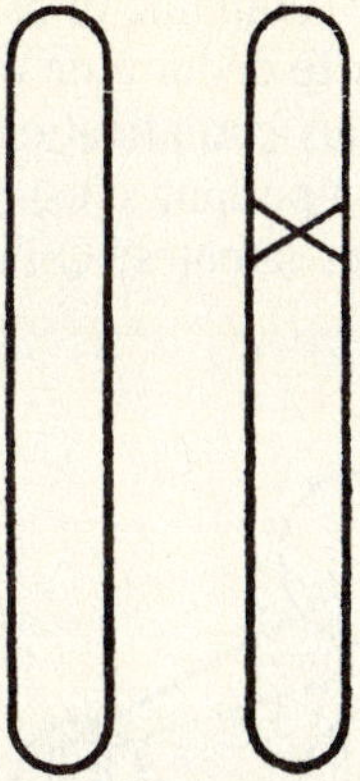

Fig. 8. **Mutant hétérozygote. La croix représente le gène qui a subi une mutation.**

nous savons d'une façon irréfutable qu'il s'agit d'un changement dans un seul chromosome, mais non pas dans le « locus » correspondant du chromosome homologue. La figure 8 indique ce fait schématiquement, la croix représentant le « locus » ayant subi la mutation. Le fait qu'il n'y ait qu'un seul des chromosomes qui soit affecté nous est révélé lorsque l'individu touché par la mutation (souvent appelé le « mutant ») est croisé avec un non-mutant. Car la moitié exactement des descendants exhibent le caractère normal. C'est bien ce à quoi nous devions nous attendre en conséquence de la séparation des deux chromosomes dans le mutant lors de la réduction chromosomique, ainsi qu'il est montré, très schématiquement, dans la figure 9. Ceci est un « pedigree » représentant chaque individu (de trois générations consécutives) simplement par la paire de chromosomes en question. Notez que si le mutant avait ses deux chromosomes affectés, tous les enfants recevraient la même dotation (mixte), différente de celle de chacun des parents.

Mais l'expérimentation dans ce domaine n'est pas aussi simple qu'on croirait pouvoir le déduire de ce que je viens justement de dire. Il y a des complications par suite de l'existence du second fait important, c'est-à-dire que les mutations sont très souvent latentes. Qu'est-ce que cela signifie ?

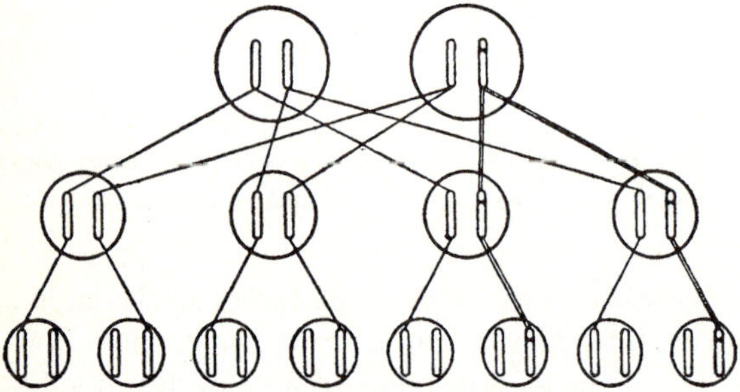

Fig. 9. **Transmission d'une mutation.**
Les lignes droites simples au travers de la figure indiquant le transfert d'un chromosome, les lignes doubles, celui d'un chromosome mutationné. Les chromosomes non identifiés de la troisième génération proviennent des partenaires de la seconde génération qui n'ont pas été inclus dans le diagramme. On les a supposés non apparentés et ne possédant pas cette mutation.

Chez le mutant, les deux « exemplaires du code » ne sont plus identiques ; ils présentent deux « lectures » ou « versions » différentes, tout au moins en cet endroit particulier. Il n'est peut-être pas mauvais d'indiquer tout de suite que, quelque tenté qu'on puisse l'être, il serait néanmoins complètement faux de considérer la version originale comme « orthodoxe » et la version mutante comme « hérétique ». Nous devons, en principe, les considérer toutes deux comme ayant des droits égaux,

Fig. 10. **Mutant homozygote, obtenu chez un quart des descendants provenant soit d'une auto-fécondation d'un mutant hétérozygote (voir fig. 8), soit du croisement de deux d'entre eux.**

car les caractères normaux, eux aussi, sont apparus à la suite de mutations.

Ce qui se passe en réalité, c'est que le « modèle » de l'individu suit, en règle générale, l'une ou l'autre version, qui peut être, soit la normale, soit la mutante. La version suivie est appelée dominante, l'autre récessive ; en d'autres termes, la mutation est dite dominante ou récessive suivant qu'elle a pour effet de changer le modèle immédiatement ou non.

Les mutations récessives sont encore plus fréquentés que les dominantes et ont une très grande importance, quoiqu'elles n'apparaissent pas tout de suite. Pour influencer le modèle, il faut qu'elles se produisent dans les deux chromosomes (voir figure 10). De tels individus peuvent être produits lorsque deux mutants récessifs identiques sont croisés l'un avec l'autre, ou lorsqu'un mutant est croisé avec lui-même ; ceci est possible chez les plantes hermaphrodites et se produit même spontanément. Un peu de réflexion montre que, dans pareils cas, un quart des descendants seront de ce type et accuseront visiblement le modèle modifié.

25. Introduction de quelques expressions techniques.

Je pense qu'il sera bon, dans un but de clarté, d'expliquer ici quelques termes techniques. Pour dénommer ce que j'ai appelé ici « version du code » – soit de l'original, soit d'un mutant – on a adopté le terme « allélomorphe ». Quand les versions sont différentes, comme il est indiqué dans la figure 8, l'individu est dit hétérozygote par rapport à ce « locus ». Lorsqu'elles sont identiques, comme chez l'individu non-mutationné, cas indiqué par la figure 9, on les appelle homozygotes. Ainsi, un allélomorphe récessif n'influence le modèle que s'il est homozygote ; mais un allélomorphe dominant produit le même modèle, qu'il soit homozygote ou seulement hétérozygote.

La coloration est très souvent dominante par rapport au défaut de coloration (ou blanc). Ainsi, par exemple, un pois n'aura des fleurs blanches que s'il possède, dans les deux chromosomes en question, « l'allélomorphe récessif responsable pour le blanc », c'est-à-dire, quand il est « homozygote pour le blanc » ; il se transmettra alors pur et tous ses descendants seront blancs. Mais un « allélomorphe rouge » (l'autre étant blanc : hétérozygote) donnera des fleurs rouges de même que le feraient deux allélomorphes rouges (« homozygotes »). La différence entre les deux derniers cas ne se révélera que chez les descendants – l'hétérozygote rouge fournira quelques descendants blancs, tandis que l'homozygote rouge se transmettra pur.

Le fait que deux individus puissent être exactement pareils dans leur aspect extérieur et différents pourtant dans leur dotation héréditaire, est tellement important qu'une différentiation exacte est désirable. Le généticiste dit qu'ils ont le même phénotype, mais des génotypes différents. Le contenu des paragraphes précédents pourrait donc être résumé succinctement, mais d'une manière très technique, comme suit :

Un allélomorphe récessif influence le phénotype seulement lorsque le génotype est homozygote.

Nous nous servirons à l'occasion de ces expressions techniques, mais en rappelant au lecteur leur signification chaque fois que ce sera nécessaire.

26. L'effet nuisible d'élevages consanguins.

Les mutations récessives, dès lors qu'elles ne sont qu'hétérozygotes, ne peuvent évidemment constituer le substrat pour la sélection naturelle. S'il s'agit de mutations nuisibles, comme c'est souvent le cas, elles ne seront pourtant pas éliminées simplement parce qu'elles sont latentes. Ainsi une multitude de mutations défavorables peuvent s'accumuler sans provoquer de dommage immédiat… Mais elles sont, bien entendu, transmises à la moitié des descendants, ce qui a des conséquences importantes pour l'homme, le bétail, la volaille ou toute autre espèce dont les bonnes qualités physiques nous intéressent directement. Dans la figure 9, nous avons supposé qu'un individu mâle (moi-même, par exemple, pour être objectif), porte une mutation récessive hétérozygote et nuisible, mais qui n'existe qu'à l'état latent. Supposons que ma femme en soit exempte. Alors, la moitié de nos enfants (deuxième génération) en seront affectés – et ce seront des hétérozygotes. Si chacun d'entre eux est uni avec un partenaire non-mutationné (laissé en dehors du diagramme, de façon à éviter toute confusion), il y aura, en moyenne, un quart de nos petits-enfants qui seront affectés de la même manière.

Il n'y a aucun danger de voir le mal se manifester ouvertement à moins que des individus affectés identiquement ne soient croisés l'un avec l'autre, auquel cas, comme le montre un peu de réflexion, un quart de leurs enfants étant homozygotes, manifesteraient la tare. Laissant de côté l'autofécondation (qui n'est possible que chez les plantes hermaphrodites), le plus grand danger viendrait d'un mariage entre un de mes fils et une de mes filles. Chacun d'eux ayant une probabilité égale d'être affecté ou non d'une manière latente, un quart de ces unions incestueuses seraient dangereuses du fait qu'un quart des enfants qui en seraient issus manifesteraient la tare. Le facteur de danger pour un pareil enfant incestueux est donc de 1 : 16.

De la même façon, le facteur de danger pourrait être calculé comme étant 1 : 64 pour les enfants issus d'une union entre deux de mes petits-enfants (purs), qui seraient cousins germains. Il ne semble pas qu'il y ait dans ce cas des chances par trop contraires ; aussi ce second cas est-il habituellement toléré dans la vie réelle. Mais il ne faut pas oublier que nous n'avons analysé que les conséquences d'une seule tare latente possible et chez un seul des partenaires du couple ancestral (« ma femme et moi »). En réalité, tous deux recèlent très probablement plus d'une déficience latente de cette espèce. Si vous êtes sûrs que vous recélez personnellement une tare définie, vous devez vous attendre à ce que 1 sur 8 de vos cousins au premier degré la partagent avec vous. Les expériences avec les plantes et les animaux indiquent qu'à côté des tares graves, comparativement rares, il semble y en avoir une foule d'autres, moins graves, mais qui par leur association provoquent la détérioration de l'ensemble des produits d'élevages consanguins. Comme de nos jours nous n'envisageons plus d'éliminer les déchets à la manière brutale adoptée autrefois par les Lacédémoniens au mont Taygète, nous devons sérieusement nous préoccuper de cette question dans le cas de l'homme, pour lequel la sélection naturelle des mieux doués est considérablement entravée, ou plutôt inversée. L'effet anti-sélectif des massacres en masse de la jeunesse saine de toutes les nations est difficilement contrebalancé par la considération qu'aux temps où les conditions étaient plus primitives, la guerre a pu avoir une valeur positive de sélection en laissant subsister seulement la tribu la plus résistante.

27. Remarques générales et historiques.

Le fait que l'allélomorphe récessif, lorsqu'il est hétérozygote, est complètement dominé par l'allélomorphe dominant, et n'a aucun effet visible, est surprenant. Il est bon pourtant de mentionner qu'il y a des exceptions à ce comportement. Quand on croise entre eux des mufliers, l'un blanc et homozygote, l'autre rouge et également homozygote, tous les descendants immédiats ont une coloration intermédiaire, c'est-à-dire qu'ils sont roses (et non rouges, comme on pourrait s'y attendre). Un cas beaucoup plus important de deux allélomorphes extériorisant simultanément leur influence se présente pour les groupes sanguins – mais nous ne pouvons y insister ici. Je ne serais pas étonné si, en fin de compte, nous parvenions à reconnaître que la récessivité se manifeste par degrés et dépend de la sensibilité des épreuves utilisées pour examiner le « phénotype ».

Le moment est peut-être venu d'ajouter un mot au sujet des origines de la génétique. La clef de voûte de la théorie, la loi de transmission aux générations successives de propriétés sous le rapport desquelles les parents diffèrent et plus spécialement l'importante distinction entre le caractère récessif et le caractère dominant, est due à l'abbé augustinien Grégor Mendel (1822-84), universellement connu à présent. Mendel ignorait tout au sujet des mutations et des chromosomes. Dans le potager de son cloître, à Brünn (Brno), il fit des expériences avec le pois des jardins, dont il éleva différentes variétés, les croisa et analysa leurs descendants de la première, deuxième, troisième... génération. On pourrait dire qu'il expérimenta sur des mutants trouvés tout faits dans la nature. Il publia ses résultats dès 1866 dans les « Comptes rendus dc la Société d'Histoire naturelle de Brünn ». Personne ne paraît avoir été spécialement intéressé par la manie de l'abbé et personne, à coup sûr, n'avait la moindre idée que sa découverte deviendrait au XX^e^siècle la pierre angulaire d'une branche de la science entièrement neuve et sans aucun doute la plus passionnante de notre époque. Son mémoire tomba dans l'oubli et ne fut redécouvert qu'en 1900, simultanément et indépendamment par Correns (Berlin), de Vries (Amsterdam) et Tschermak (Vienne).

28. La nécessité pour une mutation de n'être qu'un événement rarissime.

Jusqu'à présent nous avons plutôt fixé notre attention sur des mutations nuisibles, qui sont peut-être les plus nombreuses ; mais il est nécessaire de dire que l'on rencontre aussi des mutations avantageuses. Si une mutation spontanée représente un petit pas en avant dans le développement de l'espèce, nous gagnons l'impression qu'une modification est essayée plus ou moins au hasard, au risque d'être nuisible, auquel cas elle est automatiquement éliminée. Ceci met l'accent sur un point extrêmement important. Pour qu'elles constituent un substrat convenable pour le travail de sélection naturelle, il faut que les mutations soient des événements rares, comme elles le sont en fait. Si elles étaient assez fréquentes pour qu'il y ait par exemple une probabilité élevée de voir une douzaine de mutations différentes se produire chez le même individu, les mutations nuisibles prédomineraient, en règle générale, sur les avantageuses, de sorte que l'espèce, au lieu d'être améliorée par sélection, resterait inchangée ou périrait. Le conservatisme relatif qui résulte du haut degré de permanence des gènes est essentiel. On pourrait trouver une analogie dans le travail d'une grande usine. Pour développer des méthodes meilleures, il faut risquer des innovations, alors même qu'elles ne sont pas encore contrôlées. Mais afin de s'assurer si ces innovations améliorent ou amoindrissent le rendement, il est essentiel de ne les introduire qu'une seule à la fois, alors que toutes les autres méthodes de fabrication sont maintenues invariables.

29. Mutations provoquées par les rayons X.

Nous avons maintenant à passer en revue une série extrêmement ingénieuse de recherches génétiques qui constitueront le trait le plus caractéristique de notre analyse.

Le pourcentage de mutations dans la progéniture, ce qu'on appelle la fréquence de mutation, peut être accru jusqu'à un multiple élevé de la petite fréquence naturelle de mutation en irradiant les parents au moyen des rayons X ou des rayons *gamma*. Les mutations induites de cette façon ne diffèrent en aucune sorte (sauf en ce qui concerne leur nombre plus élevé) de celles qui se produisent spontanément et l'on a l'impression que toute mutation « naturelle » peut aussi être induite par les rayons X. Chez la Drosophile de nombreuses mutations spontanées particulières se répètent constamment dans les élevages importants ; elles ont été localisées dans le chromosome, ainsi qu'il a été décrit au § 18, et ont reçu des noms spéciaux. On a même découvert ce qu'on a appelé des « allélomorphes multiples », c'est-à-dire, deux ou plusieurs « versions » ou « lectures » différentes – en plus de la normale, non-mutationnée, correspondant à la même place du code chromosomique ; cela signifie non seulement deux, mais trois ou plusieurs alternatives pour ce « locus » particulier, deux quelconques d'entre elles étant l'une par rapport à l'autre dans la relation « dominant-récessif » lorsqu'elles se produisent simultanément dans les « loci » correspondants des deux chromosomes homologues.

Les expériences avec les mutations produites par les rayons X donnent l'impression que chaque « transition » particulière, par exemple de l'individu normal vers un mutant particulier, ou vice-versa, a un « coefficient de rayon X » individuel, indiquant le pourcentage des descendants qui sont rendus mutants de ce type particulier, par une dose unitaire de rayons X appliquée aux parents avant que l'enfant soit engendré.

30. Première loi. – La mutation est un événement unique.

En outre, les lois régissant la fréquence de mutation induite sont exceptionnellement simples et extrêmement révélatrices. Je m'en vais suivre ici le rapport de N.-W. Timoféëff, dans les *Biological Reviews*, vol. 9, 1934. Il se rapporte en grande partie au magnifique travail de l'auteur. La première loi est :

I. *L'accroissement est exactement proportionnel au dosage des rayons, de sorte qu'on peut effectivement parler (comme je l'ai fait) d'un coefficient d'accroissement.*

On nous a tellement habitués à la simple proportionnalité que nous sommes enclins à sous-estimer les conséquences très profondes de cette loi simple. Pour en saisir l'importance, il est bon de nous rappeler que le prix, par exemple, d'une marchandise, n'est pas toujours proportionnel à la quantité. En temps normal, un boutiquier pourrait être tellement impressionné par votre achat de six oranges que, sur votre décision d'en prendre en fin de compte toute une douzaine, il lui arrive de vous réclamer moins que le double du prix des six. En temps de pénurie, c'est le contraire qui pourrait arriver. Dans le cas présent, nous concluons que la première demi-dose de radiation qui a provoqué disons la mutation d'un seul descendant parmi un millier d'autres, n'a pas du tout influencé le reste, soit en les prédisposant en faveur, soit en les immunisant à l'encontre d'une mutation. Car autrement la seconde demi-dose ne provoquerait pas à nouveau exactement une seule mutation pour mille. La mutation n'est donc pas un effet d'accumulation provoqué par de petites doses consécutives de radiations venant se renforcer l'une l'autre. Elle doit consister en un certain événement unique se produisant dans un chromosome pendant l'irradiation. Quelle est cette espèce d'événement ?

31. Deuxième loi. – Localisation de l'événement.

La réponse est contenue dans la deuxième loi, qui s'énonce :

II. *Si l'on varie la qualité des rayons (longueur d'onde) entres des limites très larges, depuis les rayons X doux jusqu'aux rayons gamma assez durs, le coefficient se maintient constant à condition d'utiliser les mêmes doses, mesurées en unités dites unités r* – c'est-à-dire, à condition d'évaluer la dose par le nombre total d'ions produits par unité de volume dans une substance-étalon convenablement choisie, pendant le temps et à l'endroit où les parents sont exposés aux rayons.

Comme substance-étalon, on fait choix de l'air, non seulement pour la commodité, mais aussi pour la raison que les tissus organiques sont composés d'éléments ayant le même poids atomique moyen que l'air. On obtient facilement une limite inférieure pour la quantité d'ionisations ou de processus analogues[1] (excitations) dans le tissu, en multipliant le nombre d'ionisations dans l'air par le rapport des densités. Il est donc assez évident, et d'ailleurs confirmé par une investigation plus poussée, que l'événement unique qui provoque une mutation est simplement une ionisation (ou un processus analogue) se produisant au-dedans d'un certain volume « critique » de la cellule sexuelle. Quelle est la grandeur de ce volume critique ? Il peut être évalué à partir de la fréquence de mutation observée, par un raisonnement comme celui-ci : si une dose de 50 000 ions par cm^3 ne donne qu'une chance de 1 : 1 000 pour qu'un certain gamète (se trouvant dans la zone irradiée) subisse une mutation du type envisagé, on en conclut que le volume critique, la « cible » qui doit être « touchée » par une ionisation pour que cette mutation se produise, n'est que de 1/1 000e de 1/50 000e de cm^3, c'est-à-dire, un cinquante millionième

1. Une limite inférieure, parce que ces autres processus échappent aux mesures d'ionisation mais peuvent être efficaces pour provoquer des mutations.

de cm^3. Ces nombres ne sont pas exacts. Ils ne sont utilisés qu'à titre d'exemples. Pour le calcul exact, nous suivrons M. Delbrück, d'après un mémoire par Delbrück, N. W. Timoféëff et K. G. Zimmer[1] qui sera aussi notre source principale pour la théorie exposée dans les deux chapitres suivants. L'auteur arrive à estimer la dimension linéaire de la « cible » qui n'est que d'environ dix distances atomiques moyennes, ce qui veut dire qu'il s'agit d'un volume ne contenant que 10^3 = un millier d'atomes. L'interprétation la plus simple de ce résultat est qu'on a une chance raisonnable de produire cette mutation quand une ionisation (ou excitation) se produit à une distance d'un certain point particulier du chromosome, « ne dépassant pas 10 atomes » environ. Nous discuterons plus loin ce point d'une manière plus détaillée.

Le rapport Timoféëff contient une suggestion pratique que je ne puis m'empêcher de mentionner ici quoiqu'elle n'ait, bien entendu, aucun rapport avec notre recherche actuelle. Dans la vie moderne il y a beaucoup d'occasions où un être humain doit être exposé aux rayons X. Les dangers directs à affronter, tels que brûlures, cancer par rayon X, stérilisation, sont bien connus, et l'on y obvie en protégeant par des écrans en plomb, des tabliers garnis de plomb, etc., notamment les infirmières et les médecins qui doivent manier les rayons journellement.

Le point que je tiens à signaler c'est que, même si l'on arrive à écarter ces dangers immédiats pour l'individu, il semble qu'il reste le danger indirect de la production de petites mutations nuisibles dans les cellules sexuelles – des mutations du type envisagé lorsque nous avons parlé des résultats défavorables d'élevages consanguins. Pour nous exprimer plus catégoriquement, quoique peut-être

1. *Nachr. a. d. Biologie d. Ges. d. Wiss. Göttingen*, vol. 1, p. 189, 1935.

un peu naïvement, le dommage consécutif à un mariage entre cousins germains pourrait fort bien être intensifié par le fait que leur grand-mère aurait servi longtemps comme infirmière. Ce n'est pas là un point qui doive troubler personnellement aucun individu, mais toute possibilité d'infecter progressivement la race humaine par suite des mutations latentes indésirables, doit être pour la communauté une question de grand intérêt.

Chapitre IV

Les arguments de la mécanique quantique

Und deines Geistes höchster Feuerflug, Hat schon am Gleichnis, hat am Bild genug.

GOETHE.

Et le fier transport d'imagination de ton esprit se contente d'une image, d'une parabole.

32. La permanence est inexplicable par la physique classique.

Ainsi, avec l'aide de l'instrument merveilleusement délicat que constituent les rayons X (qui, il y a une trentaine d'années, comme s'en souvient le physicien, révélèrent les détails atomiques des structures de réseaux cristallins), les efforts communs des biologistes et des physiciens ont réussi, tout dernièrement, à réduire la limite supérieure assignée à la grosseur de la structure microscopique responsable pour un certain macrocaractère d'un individu – la « grosseur d'un gène » – à la réduire bien en dessous des évaluations obtenues au § 19. Il nous faut maintenant méditer sérieusement sur la question : comment pouvons-nous, du point de vue de la physique statistique, réconcilier les faits que la structure du gène semble ne faire intervenir qu'un nombre relativement petit d'atomes (de l'ordre de 1 000 et peut-être beaucoup moins) et qu'elle fasse pourtant preuve d'une activité très régulière et minutieusement réglée et d'une durabilité ou permanence quasi miraculeuse ?

Je me propose de mettre en relief, une fois de plus, cette situation vraiment étonnante. Plusieurs membres de la dynastie des Habsbourg se distinguent par un défigurement spécial de la lèvre inférieure (« lippe de Habsbourg »). Son hérédité a été soigneusement étudiée et publiée, au complet, avec portraits historiques, par l'Académie Impériale de Vienne, sous les auspices de la famille. Le caractère a été prouvé comme étant un « allélomorphe » authentiquement mendélien par rapport à la forme normale de la lèvre. En concentrant notre attention sur le portrait d'un membre de la famille au XVIe siècle et sur celui de son descendant vivant au dix-neuvième, on peut admettre, sans risque de se tromper, que le support matériel du gène responsable pour le caractère anormal a été transmis de génération en génération, au travers des siècles, et a été reproduit fidèlement lors de chacune des divisions cellulaires intermédiaires, d'ailleurs relativement pas très nombreuses. En outre, le nombre d'atomes appartenant à la structure du gène responsable est probablement du même ordre de grandeur que pour les cas contrôlés par rayons X. Le gène a été maintenu à une température aux environs de 37 °C. pendant tout ce temps. Comment pouvons-nous comprendre qu'il se soit maintenu inchangé pendant des siècles, malgré la tendance perturbatrice due à l'agitation thermique ?

Un physicien de la fin du siècle dernier qui n'aurait voulu se baser que sur les lois naturelles dont l'explication et la compréhension étaient réellement à sa portée, aurait été impuissant à répondre à cette question. Peut-être, en fin de compte, après une brève réflexion au sujet de la situation statistique, aurait-il répondu (correctement d'ailleurs, comme nous allons le voir) : Ces structures matérielles ne peuvent être que des molécules. En effet, à cette époque, la chimie avait déjà acquis des connaissances étendues sur l'existence et parfois même sur la stabilité très élevée de ces associations d'atomes. Mais cette science était purement empirique. La nature d'une molécule n'était pas encore comprise – le puissant lien réciproque entre atomes, qui conserve à la molécule sa forme, était un rébus, insoluble pour tous. En réalité la réponse s'avère correcte. Mais elle n'aura qu'un intérêt limité aussi longtemps que l'énigmatique stabilité biologique ne remontera pas plus loin qu'à la stabilité chimique, également énigmatique. La preuve que deux caractères, semblables en apparence, sont basés sur le même principe, est toujours précaire aussi longtemps que le principe lui-même reste inconnu.

33. Explication par la théorie des quanta.

Dans le cas qui nous occupe, elle est fournie par la théorie des quanta. À la lumière de nos connaissances actuelles, le mécanisme de l'hérédité est intimement apparenté à – ou plutôt basé sur – le principe même de la théorie des quanta. Cette théorie fut proposée par Max Planck en 1900. Or la génétique moderne peut être datée de la redécouverte du mémoire de Mendel par de Vries, Correns et Tschermak (1900) et de la publication du mémoire de de Vries sur les mutations (1901-1903). Ainsi, les dates de naissance des deux grandes théories coïncident à peu près et il n'est pas étonnant que toutes deux aient dû atteindre une certaine maturité avant que le rapport existant entre elles puisse apparaître. Du côté de la théorie des quanta, il fallut attendre plus d'un quart de siècle, jusqu'à ce qu'en 1926-27, la théorie quantique de la liaison chimique fût développée dans ses principes généraux par W. Heitler et F. London. La théorie Heitler-London fait intervenir les conceptions les plus subtiles et les plus complexes des derniers développements de la théorie des quanta (appelée « mécanique quantique » ou « mécanique ondulatoire »). Essayer de l'introduire ici sans recourir au calcul différentiel, est quasi impossible et nécessiterait pour le moins un autre petit volume comme celui-ci. Mais heureusement, maintenant que tout le travail a été fait et a servi à expliquer notre pensée, il paraît possible d'indiquer d'une manière plus directe le rapport entre les « sauts quantiques » et les mutations, pour faire ressortir tout au moins le point le plus remarquable. C'est ce que nous allons essayer.

34. Théorie des quanta – états discontinus – sauts quantiques.

La grande révélation de la théorie des quanta fut que des caractères de discontinuité furent découverts dans le Livre de la Nature, dans un contexte où toute autre chose que la continuité apparaissait comme absurde d'après les vues admises jusqu'à ce moment.

Le premier cas de ce genre était relatif à l'énergie. Un corps à grande échelle change son énergie d'une manière continue. Un pendule, par exemple, auquel on imprime un mouvement d'oscillation, est graduellement ralenti par la résistance de l'air. Quelque étrange que cela puisse paraître, il s'est avéré nécessaire d'admettre qu'un système à l'échelle atomique se comporte différemment. Pour des raisons que nous ne pouvons développer ici, il nous faut admettre qu'un système très petit ne peut, de par sa nature même, posséder que certaines quantités discontinues d'énergie, appelées ses niveaux énergétiques particuliers. La transition d'un état à un autre est un événement plutôt mystérieux, qu'on appelle habituellement un « saut quantique ».

Mais l'énergie n'est pas la seule caractéristique d'un système. Reprenons notre pendule mais imaginons-en un qui puisse exécuter différents types de mouvements, par exemple une lourde sphère suspendue au plafond par un fil. On peut le faire osciller dans une direction nord-sud ou est-ouest ou dans toute autre direction, ou encore lui faire parcourir un cercle ou une ellipse. En soufflant légèrement sur la boule au moyen d'un soufflet, on peut la faire passer d'une manière continue d'un état de mouvement à un autre quelconque.

Pour des systèmes à petite échelle, la plupart de ces caractéristiques ou d'autres similaires – nous ne pouvons entrer dans les détails – changent d'une manière discontinue. Elles sont « quantifiées » exactement comme l'est l'énergie.

Il en résulte que si un certain nombre de noyaux atomiques, y compris les électrons qui leur servent de garde-du-corps, se trouvent très proches l'un de l'autre de façon à former un « système », ils sont incapables, de par leur nature, d'adopter une configuration arbitraire quelconque que nous pourrions imaginer. Leur nature même ne leur laisse que le choix d'une série très nombreuse mais discontinue d'« états »[1]. On a l'habitude de les appeler niveaux ou niveaux d'énergie, parce que l'énergie entre pour une part très importante dans la caractéristique. Mais il doit être bien entendu que la description complète comprend beaucoup plus que l'énergie seule. Il est virtuellement

1. J'adopte ici la version qui est généralement utilisée dans un exposé populaire et qui suffit pour notre but actuel. Mais j'ai la mauvaise conscience de quelqu'un qui perpétue sciemment une erreur commode. L'histoire réelle est beaucoup plus compliquée, vu qu'elle comprend l'indétermination occasionnelle par rapport à l'état dans lequel se trouve le système.

correct de penser à un état comme représentant une configuration définie de tous les corpuscules du système.

Le passage de l'une de ces configurations à une autre est un saut quantique. Si la seconde possède la plus grande énergie (« est à un niveau supérieur »), le système doit recevoir du milieu environnant au minimum la différence entre les deux énergies pour que la transition soit possible. Mais il peut passer spontanément à un niveau inférieur en dépensant le surplus d'énergie sous forme de radiations.

35. Molécules.

Parmi les séries discontinues d'états correspondant à une certaine sélection d'atomes, il n'est pas nécessaire mais il est possible qu'il y ait un niveau inférieur : ceci implique un proche voisinage des noyaux les uns par rapport aux autres. Des atomes dans un tel état constituent une molécule. Ici, le point saillant est que la molécule devra nécessairement posséder une certaine stabilité. La configuration ne peut changer sans qu'au minimum la différence d'énergie requise pour l'« élever » au niveau immédiatement supérieur soit fournie de l'extérieur. Par conséquent, cette différence de niveau, qui est une quantité bien définie, détermine quantitativement le degré de stabilité de la molécule. On remarque combien ce fait est intimement lié avec la base même de la théorie des quanta, c'est-à-dire, avec la discontinuité de la série des niveaux.

Je dois prier le lecteur d'admettre sans démonstration que cet ordre d'idées a été entièrement confirmé par les faits chimiques et qu'il a réussi à expliquer le principe fondamental de la valence chimique ainsi que de nombreux détails relatifs à la structure des molécules, leur énergie de liaison, leurs stabilités à différentes températures, et ainsi de suite. Je pense à la théorie de Heitler-

London qui, ainsi que j'ai dit précédemment, ne peut être examinée ici en détail.

36. Leur stabilité dépend de la température.

Nous devons nous contenter d'examiner le point qui est d'un intérêt fondamental pour notre problème biologique, notamment la stabilité d'une molécule à différentes températures. Supposons d'abord notre système d'atomes comme étant effectivement dans son état d'énergie maxima. Le physicien l'appellerait une molécule au zéro absolu de température. Pour l'élever à l'état ou niveau immédiatement supérieur, il faut suppléer une quantité définie d'énergie. La façon la plus simple d'essayer de faire cet apport, c'est de chauffer notre molécule. Il vous suffit pour cela de la porter dans un milieu de température plus élevée (« bain de chaleur »), en permettant ainsi à d'autres systèmes (atomes, molécules) de la heurter. Vu la complète irrégularité de l'agitation thermique, il n'existe pas de limite nette de température pour laquelle « l'élévation » sera certainement et immédiatement accomplie. Ce qui se produit plutôt, c'est qu'à toute température (autre que le zéro absolu) il y a une certaine chance, plus ou moins grande, pour que cette élévation se produise, cette chance augmentant bien entendu avec la température du bain de chaleur. La meilleure façon d'exprimer cette chance est d'indiquer le « temps d'attente », c'est-à-dire, le temps moyen qu'il faudra attendre pour que cette élévation se produise.

D'après un travail dû à M. Polanyi et E. Wigner [1], le « temps d'attente » est fonction, en ordre principal, du rapport de deux énergies, l'une étant précisément la différence d'énergie requise (désignons-la par *W*) pour

1. *Zeitschrift für Physik*, Chemie (A), Haber-Band, p. 439, 1928.

effectuer l'élévation, l'autre caractérisant l'intensité de l'agitation thermique à la température considérée (appelons T la température absolue et kT l'énergie caractéristique[1]. Il est évident que la chance d'accomplir l'élévation est d'autant plus petite et le temps d'attente par conséquent d'autant plus long, que l'ascension elle-même est plus élevée, par rapport à l'énergie calorifique moyenne, c'est-à-dire que le quotient $W : kT$ est plus grand. Ce qui est étonnant, c'est à quel point le temps d'attente dépend de changements relativement faibles dans le rapport $W : kT$. En voici un exemple (d'après Delbrück) : pour W égal à 30 fois kT, le temps d'attente pourrait n'être que 1/10e seconde, mais il s'élèverait à 16 mois pour W égal à 50 fois kT et à 30 000 années si W égalait 60 fois kT !

37. Intermède mathématique.

Il ne serait pas mauvais d'indiquer en langage mathématique – pour ceux de mes lecteurs que cela intéresse – la raison de cette sensibilité énorme vis-à-vis de changements dans la différence de niveau ou la température et d'y ajouter quelques remarques physiques de caractère analogue. Cette raison, c'est que le temps d'attente, que nous désignerons par t, dépend du rapport W/kT par l'intermédiaire d'une fonction exponentielle

$$t = \tau e^{W/kT}$$

où τ est une certaine constante, très petite, de l'ordre de 10^{-13} ou 10^{-14} sec. Or, cette fonction exponentielle particulière n'a pas un caractère accidentel ; on la retrouve

1. k est une constante numérique connue, appelée constante de Boltzmann ; kT est l'énergie cinétique moyenne d'un atome de gaz à la température T.

constamment dans la théorie statistique de la chaleur, dont elle constitue pour ainsi dire l'épine dorsale. C'est une mesure de l'improbabilité pour une quantité d'énergie aussi grande que W de se concentrer accidentellement dans une portion particulière du système, et c'est cette improbabilité qui augmente d'une manière aussi colossale quand un multiple de plus en plus élevé de l'« énergie moyenne » kT est requis.

En fait, un $W = 30\ kT$ (voir l'exemple donné plus haut) est déjà extrêmement rare. S'il ne mène pas déjà à une valeur énorme pour le temps d'attente (seulement 1/10 sec. dans notre exemple) c'est évidemment grâce à la petitesse du facteur τ. Ce facteur a une signification physique. Il est du même ordre que la période des vibrations qui s'effectuent tout le temps dans le système. On pourrait décrire ce facteur d'une façon un peu vague comme signifiant que la chance d'accumuler la quantité requise W, quoique très petite, se renouvelle constamment « à chaque vibration », c'est-à-dire, environ 10^{13} à 10^{14} fois pendant chaque seconde.

38. Premier amendement.

En exposant ces considérations comme une théorie de la stabilité de la molécule, il a été admis tacitement que le saut quantique que nous avons dénommé l'« élévation » mène, sinon à une désintégration complète, tout au moins à une configuration essentiellement différente des mêmes atomes ou, comme l'appellerait le chimiste, à une molécule isomère, c'est-à-dire une molécule composée des mêmes atomes mais arrangés d'une manière différente. Dans l'application à la biologie, ceci correspondra à un allélomorphe différent dans le même « locus », et le saut quantique représentera une mutation.

En vue de cette interprétation, deux points doivent être amendés dans notre exposé, que j'ai intentionnellement simplifié pour le rendre plus intelligible. D'après la façon dont j'ai expliqué les choses on pourrait imaginer que ce n'est que dans son état le plus bas que notre groupe d'atomes forme ce que nous appelons une molécule, et que l'état immédiatement supérieur est déjà « quelque chose d'autre ». Il n'en est rien. En fait, le niveau le plus bas est suivi par une série compacte de niveaux qui ne comportent aucun changement appréciable de la configuration dans son ensemble, mais correspondent uniquement à ces petites vibrations atomiques dont il a été question au § 37. Elles aussi sont « quantifiées », mais par échelons relativement petits, entre un niveau et le suivant. C'est pourquoi les impacts des particules du « bain de chaleur » peuvent suffire à les produire déjà à des températures assez basses. Si la molécule est une structure complexe, on peut concevoir ces vibrations comme des ondes sonores de haute fréquence, traversant la molécule sans lui nuire.

Ainsi, le premier amendement n'est pas très grave : nous devons faire abstraction de la structure vibratoire fine du système des niveaux. Par niveau immédiatement supérieur, il faut entendre le niveau le plus proche qui corresponde à un changement appréciable de la configuration.

39. Deuxième amendement.

Le second amendement est beaucoup plus difficile à exposer parce qu'il se rapporte à certains caractères, essentiels mais plutôt compliqués, du système des niveaux sensiblement différents. Le libre passage entre deux de ces niveaux peut être obstrué, tout à fait indé-

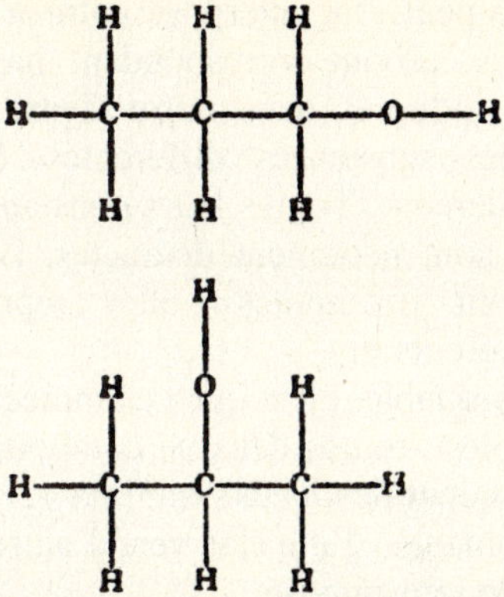

Fig. 11. **Les deux isomères de l'alcool propylique.**

pendamment de l'apport d'énergie requis ; en fait, il peut être obstrué même dans la direction de l'état supérieur vers l'état inférieur.

Partons des faits empiriques. Il est bien connu des chimistes que, dans un même groupement, les atomes peuvent s'unir de plus d'une façon pour former une molécule. De telles molécules sont dites isomériques (« composées des mêmes parties » ; ἴσος = même, μέρος = partie). L'isomérisme ne constitue pas une exception ; c'est la règle. Plus la molécule est complexe, plus les alternatives d'isomérie sont nombreuses. La figure 11 indique l'un des cas les plus simples, relatif aux deux espèces d'alcool propylique, tous deux composés de 3 carbones (C), 8 hydrogènes (H), 1 oxygène (O)[1]. Ce

1. Des modèles, où C, H et O étaient représentés par des sphères en bois respectivement noires, blanches et rouges, furent exposés au cours de la conférence. Je ne les ai pas reproduits ici parce que leur ressemblance par rapport aux molécules réelles n'est pas notablement plus grande que celle de la figure 11.

dernier atome peut être interposé entre n'importe quel hydrogène et le carbone correspondant mais il n'y a que les deux cas indiqués dans notre figure qui puissent représenter des substances différentes. Elles le sont d'ailleurs réellement. Toutes leurs constantes physiques et chimiques sont nettement distinctes. Leurs énergies sont également différentes ; elles représentent des « niveaux différents ».

Le fait remarquable, c'est que ces molécules sont parfaitement stables ; toutes deux se comportent comme si elles représentaient des « états minima ». Il n'y a pas de transition spontanée d'un état vers l'autre, ni dans un sens, ni dans le sens opposé.

La raison en est que ces deux configurations ne sont pas voisines. Le passage de l'une à l'autre ne peut se faire qu'en passant par des configurations intermédiaires possédant chacune une énergie supérieure à chacune des deux. Pour l'exprimer simplement, l'oxygène doit être extrait d'une position et être ensuite introduit dans l'autre. Il ne semble pas qu'il existe un moyen de réaliser cela sans passer par des configurations caractérisées par une énergie considérablement supérieure. Cet état de choses est parfois représenté figurativement comme dans la figure 12, où 1 et 2 représentent les deux isomères, 3 le « seuil » entre eux, et les flèches indiquent les « élévations », c'est-à-dire, les apports d'énergie requis pour réaliser le passage de l'état 1 à l'état 2 ou de l'état 2 à l'état 1, respectivement.

Nous pouvons maintenant énoncer notre « second amendement » : c'est que les transitions de ce type « isomérique » sont les seules qui nous intéressent pour notre application biologique. C'étaient celles-là que nous avions à l'esprit en parlant de « stabilité » aux §§ 35-37. Le « saut quantique » qui nous préoccupe est la transition entre deux configurations moléculaires relativement

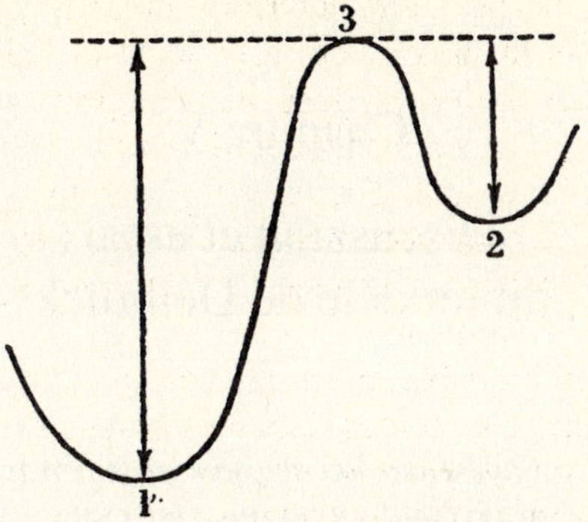

Fig. 12. **Seuil d'énergie (3) entre les niveaux isomériques (I) et (2). Les flèches indiquent les minima d'énergie requis pour effectuer la transition.**

stables. La quantité d'énergie requise pour effectuer la transition (quantité que nous avons désignée par *W*) n'est pas la différence de niveau réelle, mais elle correspond à l'élévation depuis le niveau initial jusqu'au seuil (voir les flèches de la fig. 12).

Les transitions sans interposition de seuil entre les états initial et final n'offrent aucun intérêt, et cela non pas uniquement dans notre application biologique. Elles n'ont réellement rien à faire avec la stabilité chimique de la molécule. Pourquoi ? Parce qu'elles n'ont pas d'effets durables ; elles restent inaperçues. Car lors même qu'elles se produiraient, elles seraient presque immédiatement suivies par un retour à l'état initial, attendu que rien se s'opposerait à ce retour.

Chapitre V

Discussion et essai du modèle de Delbrück

Sane sicut lux seipsam et tenebras manifestat, sic veritas norma sui et falsi est.

SPINOZA.
(*Éthique*, P. II, Prop. 43.)

Vraiment, de même que la lumière se manifeste et aussi l'obscurité, ainsi la vérité est la règle d'elle-même et de l'erreur.

40. Modèle général de la substance héréditaire.

On déduit de ces faits une réponse très simple à notre question, notamment : Ces structures composées d'un nombre relativement petit d'atomes sont-elles capables de résister, pendant de longues périodes, à l'influence perturbatrice de l'agitation thermique à laquelle la substance héréditaire est continuellement soumise ? Nous admettrons pour la structure d'un gène celle d'une grosse molécule, capable uniquement d'une transformation discontinue consistant en un réarrangement des atomes et produisant une molécule isomère[1]. Il se peut

1. Pour la commodité, je continuerai à l'appeler une transition isomérique, bien qu'il serait absurde d'exclure la possibilité de tout échange avec le milieu environnant.

que le réarrangement n'affecte qu'une petite région du gène et qu'il y ait un grand nombre de réarrangements différents possibles. Les seuils d'énergie séparant la configuration réelle de toutes les autres configurations isomériques possibles doivent être suffisamment élevés (comparativement à l'énergie calorifique moyenne d'un atome), pour faire du passage de l'une à l'autre un événement rare. Nous identifierons ces événements rares avec des mutations spontanées.

Les paragraphes ultérieurs de ce chapitre seront consacrés au contrôle de ce modèle général (dû en ordre principal au physicien allemand M. Delbrück) d'un gène et d'une mutation, en le comparant dans ses détails avec les données génétiques. Avant cela, il convient pourtant de faire quelques commentaires sur les fondements et la nature générale de la théorie.

41. Le caractère unique du modèle.

Était-il absolument essentiel pour le problème biologique de déterrer les racines les plus profondes et de baser le modèle sur la mécanique quantique ? L'hypothèse qui fait du gène une molécule est, j'ose dire, un lieu commun aujourd'hui. Peu de biologistes, qu'ils soient ou non familiarisés avec la théorie des quanta, voudraient la désavouer. Dans le § 32 nous avons fait dire à un physicien de la période pré-quantique que c'était là la seule explication raisonnable de la permanence observée. Les considérations ultérieures relatives à l'isomérie, au seuil d'énergie, au rôle prépondérant du rapport W/kT dans la détermination de la probabilité d'une transition isomérique – tout cela pourrait fort bien être présenté avec une base purement empirique, en tout cas sans se baser explicitement sur la théorie des quanta.

Pourquoi ai-je si fortement appuyé sur le point de vue de la mécanique quantique alors que je ne pouvais vraiment pas l'expliquer clairement dans ce petit livre et que j'ai risqué d'ennuyer plus d'un lecteur ?

La mécanique quantique est le premier aspect théorique qui rend compte, à partir des premiers principes, de toutes sortes d'agrégats d'atomes réellement rencontrés dans la nature. Le lien Heitler-London est un caractère unique et singulier de la théorie, qui n'a pas été inventé tout exprès dans le but d'expliquer la liaison chimique. Il se présente de lui-même d'une manière extrêmement intéressante et troublante ; il s'impose à nous pour des considérations entièrement différentes. Il se fait qu'il correspond exactement aux faits chimiques observés et, comme je l'ai dit, il est un caractère unique, suffisamment bien compris pour qu'on puisse assurer avec une certitude raisonnable qu'« une telle chose ne pourrait plus se reproduire » au cours du développement ultérieur de la théorie des quanta.

En conséquence, nous pouvons conclure avec assurance qu'il n'y a pas d'autre alternative à l'explication moléculaire de la substance héréditaire. L'aspect physique ne nous laisse aucune autre possibilité pour rendre compte de sa permanence. Si le modèle Delbrück devait échouer, nous n'aurions plus qu'à abandonner d'autres tentatives. C'est là le premier point sur lequel je désirais mettre l'accent.

42. Quelques fausses conceptions traditionnelles.

Mais on pourrait poser la question : n'y a-t-il vraiment pas, en dehors des molécules, d'autres structures permanentes composées d'atomes ? Une pièce d'or, par exemple, enterrée dans une tombe pendant une couple de milliers d'années, ne conserve-t-elle les traits du portrait qui s'y trouve gravé ? Il est vrai que cette pièce consiste en un nombre énorme d'atomes, et pourtant, dans ce cas, nous n'irions bien certainement pas jusqu'à attribuer la simple préservation de la forme à la statistique des grands nombres. La même remarque s'applique à un agrégat de cristaux nettement développés, que nous trouvons enchâssés dans une roche où il a dû exister sans changement pendant des périodes géologiques.

Ceci nous amène au second point que je désire élucider. Les cas d'une molécule, d'un solide, d'un cristal, ne sont réellement pas différents. À la lumière de nos connaissances actuelles, ils sont virtuellement identiques. Malheureusement l'instruction dans les écoles s'attarde à certaines conceptions traditionnelles qui sont démodées depuis de longues années et qui obscurcissent la compréhension de l'état réel des choses.

En effet, ce que nous avons appris à l'école au sujet des molécules ne donne pas l'idée qu'elles se rapprochent plutôt de l'état solide que de l'état liquide ou gazeux. Ou encore on nous a appris à distinguer soigneusement entre un changement physique tel que la fusion ou l'évaporation, où les molécules sont maintenues intactes (de façon par exemple, que l'alcool, fût-il solide, liquide ou gazeux, est toujours formé des mêmes molécules, C_2H_6O) et une transformation chimique, par exemple la combustion de l'alcool.

$$C_2H_6O + 3\,O_2 = 2\,CO_2 + 3\,H_2O$$

où une molécule d'alcool et trois molécules d'oxygène subissent un réarrangement pour former deux molécules d'anhydride carbonique et trois molécules d'eau.

À propos des cristaux, l'on nous a enseigné qu'ils forment des réseaux périodiques triples dans lesquels la structure de la molécule est parfois reconnaissable, comme dans le cas de l'alcool et de la plupart des composés organiques, tandis que dans d'autres cristaux, par exemple le sel gemme (NaCl), les molécules de NaC1 ne peuvent pas être délimitées sans équivoque parce que chaque atome de Na est entouré d'une manière symétrique par six atomes de Cl et vice-versa, de sorte qu'il serait bien arbitraire de décider quelles sont les paires qu'il convient de considérer comme partenaires moléculaires.

Enfin, on nous a appris qu'un solide peut être ou ne pas être cristallisé, et que dans ce dernier cas il était dit amorphe.

43. Différents « états » de la matière.

Je n'irai pas jusqu'à dire que toutes ces propositions et distinctions sont entièrement fausses. Pour les besoins pratiques elles sont même parfois utiles. Mais du point de vue de la structure réelle de la matière, les limites doivent être tracées d'une manière totalement différente. La distinction fondamentale se trouve être entre les deux lignes du système suivant d'« équations » :

molécule = solide = cristal.
gaz = liquide = amorphe.

Il nous faut expliquer brièvement ces propositions. Les solides qualifiés d'amorphes, ou bien ne sont pas vraiment amorphes, ou bien ce ne sont pas réellement des solides. Dans la fibre du charbon de bois « amorphe », la structure rudimentaire du cristal de graphite a été révélée par les rayons X. Ainsi, le charbon de bois est un solide, mais il est aussi un cristal. Là où nous ne trouvons pas de structure cristalline, nous devons considérer que nous avons affaire à un liquide possédant une très grande « viscosité » (friction interne). Une telle substance trahit, par l'absence d'une température de fusion et d'une chaleur latente de fusion bien définies, qu'elle n'est pas un véritable solide. Par chauffage, elle s'amollit graduellement et éventuellement se liquéfie sans aucune discontinuité. Je me souviens qu'à la fin de la première guerre mondiale, nous reçûmes à Vienne, comme succédané de café, une substance ressemblant à de l'asphalte. Elle était tellement dure qu'il fallait se servir d'un ciseau de menuisier ou d'une hache pour casser la petite brique en morceaux ; on pouvait observer alors une cassure lisse, rappelant l'écaillé. Pourtant, avec le temps, elle se comportait comme un liquide, épousant intimement la partie inférieure d'un vase dans lequel on avait assez mal avisé de l'oublier pendant une couple de jours.

La continuité des états liquides et gazeux est une chose bien connue. On peut liquéfier n'importe quel gaz sans aucune discontinuité en contournant le point critique. Nous ne soulèverons pas cette question ici.

44. La distinction qui importe réellement.

Nous avons ainsi tout justifié dans le schéma ci-joint, sauf le point principal, à savoir qu'on peut considérer une molécule comme un solide = cristal.

La raison en est que les atomes formant une molécule, qu'il y en ait peu ou beaucoup, sont unis par des forces ayant exactement la même nature que celles unissant les nombreux atomes qui constituent un vrai solide, un cristal. La molécule possède la même solidité de structure qu'un cristal. Souvenons-nous que c'est précisément sur cette solidité que nous nous basons pour expliquer la permanence du gène !

La distinction qui est donc réellement importante pour la structure de la matière est de décider si les atomes sont liés l'un à l'autre au moyen de ces forces « solidifiantes » de Heitler-London, ou s'ils ne le sont pas. Dans un solide ou dans une molécule, ils le sont tous. Dans un gaz monoatomique (comme par exemple la vapeur de mercure), ils ne le sont pas. Dans un gaz composé de molécules, il n'y a que les atomes appartenant à une même molécule qui soient reliés de cette façon.

45. Le solide apériodique.

Une petite molécule pourrait être appelée « le germe d'un solide ». En partant d'un tel petit germe solide, il semble qu'il y ait deux méthodes différentes pour construire des associations de plus en plus grandes. L'une consiste à répéter indéfiniment, d'une façon comparativement monotone, la même structure suivant trois directions. C'est là la manière suivie dans un cristal qui s'accroît. Une fois que la périodicité est établie, il n'y a aucune limite définie à la grosseur de l'agrégat. L'autre méthode consiste à construire des agrégats de plus en plus étendus sans recourir au procédé monotone de la répétition. C'est là le cas des molécules organiques, de plus en plus compliquées, où chaque atome, chaque groupe d'atomes, joue un rôle individuel qui n'est pas complètement équivalent à celui de beaucoup d'autres, comme lorsqu'il s'agit d'une structure périodique. Nous pourrions – dans un pareil cas – parler avec à-propos d'un cristal ou solide apériodique et exprimer notre hypothèse en disant : Nous croyons qu'un gène – ou peut-être l'ensemble de la fibre chromosomique [1] – est un solide apériodique.

1. Le fait d'être éminemment flexible n'est pas une objection, car un mince fil de cuivre l'est également.

46. Variété et abondance condensées dans le code en miniature.

On s'est souvent demandé comment le noyau de l'ovule fécondé, cette minuscule parcelle de substance, pouvait contenir un code complexe contrôlant tout le développement futur de l'organisme. Une association bien ordonnée d'atomes, douée d'une résistivité suffisante pour maintenir cet ordre indéfiniment, est précisément la seule structure matérielle imaginable offrant une variété d'arrangements (« isomériques ») suffisante pour incorporer un système complexe de « déterminations » sous un petit volume limite. En effet, le nombre d'atomes d'une pareille structure n'a pas besoin d'être très grand pour admettre un nombre presque illimité d'arrangements. Comme exemple, pensons au code Morse. Les deux signes différents, le point et la barre, arrangés en groupes bien ordonnés de quatre caractères au plus, permettent trente spécifications différentes. Si maintenant vous autorisez l'emploi d'un troisième signe, en plus du point et de la barre, et n'utilisiez que des groupes de dix caractères au plus, vous pourriez former 29 524 « lettres » différentes ; avec cinq signes et des groupes de 25 caractères au maximum, le nombre de « lettres » serait de 372 529 029 846 191 405.

On pourrait objecter que notre comparaison est mal choisie parce que nos signes morses peuvent avoir des compositions différentes (par exemple . – – et . . –) et n'offrent ainsi qu'une analogie boiteuse avec l'isomérie. Pour remédier à ce défaut choisissons, dans le troisième exemple, uniquement les combinaisons comprenant exactement 25 symboles et seulement celles contenant tout juste 5 de chacun des 5 types supposés (5 points, 5 barres, etc.). Un calcul approximatif donne le nombre de combinaisons comme égal à 62 330 000 000 000 où les zéros de droite tiennent la place de chiffres que je n'ai pas pris la peine de calculer.

Bien entendu, dans le cas réel, tous les arrangements imaginables des atomes ne représenteront pas des molécules ; en outre il ne peut être question d'un code à adopter arbitrairement, car le code doit être lui-même le facteur opératif qui amène le développement, mais d'autre part le nombre (25) choisi dans l'exemple est encore très petit, et nous n'avons envisagé que les simples arrangements linéaires. Ce que nous voulons faire ressortir est simplement ceci : avec l'image moléculaire du gène il n'est plus inconcevable que le code en miniature puisse se trouver en correspondance exacte avec un plan de développement très complexe et très élaboré et contenir en même temps les moyens de le mettre à exécution.

47. Comparaison avec les faits : degré de stabilité ; discontinuité des mutations.

Comparons en fin de compte le modèle théorique avec les données biologiques. La première question est évidemment de savoir s'il explique vraiment le degré élevé de permanence que nous observons. Cela impliquerait que les valeurs-seuils soient des multiples élevés de l'énergie calorifique moyenne kT. De telles valeurs sont-elles raisonnables ? Sont-elles de l'ordre de grandeur que nous indique la chimie organique ? Cette question est presque triviale ; on peut y répondre affirmativement, sans même consulter les tables. Les molécules d'une substance que le chimiste est capable d'isoler à une température donnée doivent avoir à cette température une durée de vie de quelques minutes au moins (c'est là un point de vue conciliant ; en règle générale, elles durent beaucoup plus longtemps). Ainsi, les valeurs-seuils que le chimiste rencontre sont, par nécessité, précisément de l'ordre de grandeur requis pour expliquer pratiquement n'importe quel degré de permanence que le biologiste est appelé à rencontrer ; souvenons-nous, en effet, comme il est indiqué au § 36, que des seuils variant dans un intervalle de 1 : 2 environ, expliqueront des durées de vie variant entre une fraction de seconde jusqu'à des dizaines de milliers d'années.

Je désire indiquer ici quelques chiffres qui nous serviront dans la suite. Les rapports W/kT considérés à titre d'exemples dans le § 36 notamment

$$\frac{W}{kT} = 30, 50, 60$$

produisant des durées de vie respectivement de

1/10 sec., 16 mois, 30 000 ans

correspondent, à la température ordinaire, à des seuils de

0,9 ; 1,5 ; 1,8 électron-volts.

Il nous faut expliquer l'unité « électron-volt », qui est commode pour le physicien parce qu'elle peut être visualisée. Par exemple le troisième nombre (1,8) signifie qu'un électron accéléré par un voltage d'environ deux volts aurait acquis juste assez d'énergie pour effectuer la transition par impact. (À titre de comparaison, la pile d'une lampe de poche ordinaire a trois volts.)

Ces considérations rendent tout à fait concevable qu'une transition isomérique dans une partie de notre molécule, causée par une fluctuation fortuite de l'énergie vibratoire, peut se produire assez rarement pour nous permettre de l'interpréter comme une mutation spontanée. Ainsi, grâce aux principes mêmes de la mécanique quantique, nous pouvons expliquer le caractère si remarquable des mutations, celui par lequel elles attirent tout d'abord l'attention de de Vries, notamment que ce sont des variations « par sauts » sans que des formes intermédiaires apparaissent.

48. Stabilité des gènes obtenus par sélection naturelle.

Après avoir découvert que la fréquence naturelle de mutation augmente sous l'influence de rayons ionisants d'un type quelconque, on pourrait imaginer d'attribuer la fréquence naturelle à la radioactivité du sol et de l'air et aux radiations cosmiques. Mais une comparaison quantitative avec les résultats par rayons X montre que la « radiation naturelle » est beaucoup trop faible et ne pourrait rendre compte que d'une petite fraction de la vitesse naturelle.

Si nous admettons qu'il faut expliquer les rares mutations naturelles par des fluctuations fortuites de l'agitation thermique, nous ne devons pas être surpris de ce que la nature ait réussi à donner aux seuils des valeurs propres à assurer la rareté des mutations. En effet, au début de ces leçons nous sommes arrivés à la conclusion que des mutations fréquentes sont nuisibles à l'évolution. Les individus qui, par mutation, acquièrent une configuration de gènes d'une stabilité insuffisante, n'auront que peu de chance de voir leur descendance « ultra-radicale », à mutations fréquentes, survivre longtemps. Les espèces en seront affranchies et pourront, par sélection naturelle, s'assurer des gènes stables.

49. Stabilité parfois moindre des mutants.

Mais, bien entendu, en ce qui concerne les mutants qui apparaissent dans nos expériences d'élevages, et que nous sélectons *qua* mutants pour étudier leurs descendants, il n'y a pas de raisons pour s'attendre à ce qu'ils témoignent tous de cette très grande stabilité. Car ils n'ont pas encore été essayés – ou, s'ils l'ont été, ils ont été rejetés parmi les élevages « sauvages », peut-être à cause de leur mutabilité trop forte. En tout cas, nous ne sommes pas du tout étonnés d'apprendre qu'en fait certains de ces mutants témoignent d'une mutabilité beaucoup plus grande que les gènes « sauvages » normaux.

50. La température a moins d'influence sur les gènes instables que sur les stables.

Cela nous permet de contrôler notre formule de mutabilité, qui était $t = \tau e^{W/kT}$. (On se souviendra que t est le temps d'attente pour une mutation correspondant à un seuil d'énergie W). On peut se demander comment t varie avec la température. On trouve aisément, grâce à la formule précédente, et avec une bonne approximation, le rapport de la valeur de t correspondant à la température $(T + 10)$, à celle correspondant à la température T, soit :

$$\frac{t_T + 10}{t_T} = e^{-10W/kT^2}$$

L'exposant étant maintenant négatif, le rapport est naturellement plus petit que l'unité. Le temps d'attente diminue lorsqu'on élève la température ; la mutabilité augmente. On peut le contrôler et le contrôle a été fait effectivement avec la mouche Drosophile dans l'intervalle de température que l'insecte peut supporter. À première vue, le résultat fut surprenant. La *faible* mutabilité des gènes sauvages fut trouvée distinctement augmentée, mais la mutabilité comparativement *élevée*, observée avec certains gènes déjà mutationnés, ne s'accrut que dans des proportions beaucoup moindres ou pas du tout. C'est précisément ce à quoi nous devons nous attendre en comparant nos deux formules. À une valeur élevée de W/kT requise d'après la première formule, pour que t soit grand (gène stable), correspondra une valeur faible du rapport donné par la seconde formule, c'est-à-dire un accroissement considérable de la mutabilité avec la température (les valeurs réelles du rapport semblent être comprises entre 1/2 et 1/5. La réciproque, 2,5, s'appelle le facteur de van 't Hoff dans une réaction chimique ordinaire).

51. Comment les rayons X produisent des mutations.

Considérons maintenant la fréquence de mutation induite par les rayons X ; nous avons déjà conclu des expériences d'élevage : premièrement, par suite de la proportionnalité entre la fréquence de mutation et la dose, qu'un certain événement unique produit la mutation ; deuxièmement, en conséquence de résultats quantitatifs et du fait que la fréquence de mutation est déterminée par la densité d'ionisation intégrée et indépendante de la longueur d'onde, que cet événement unique doit être une ionisation ou un processus analogue se produisant à l'intérieur d'un cube de côté égal à environ 10 distances atomiques, en vue de produire une mutation déterminée.

D'après notre modèle, l'énergie nécessaire pour dépasser le seuil doit évidemment être fournie par ce processus explosif – soit ionisation, soit excitation. Je l'appelle explosif parce que l'énergie dépensée pour une ionisation, non par le rayon X lui-même, mais par un électron secondaire qu'il produit, est bien connue et s'élève à la valeur relativement énorme de 30 électron-volts. Elle doit nécessairement être convertie en une agitation thermique considérablement accrue autour du point où elle est déchargée et s'étendre à partir de là sous la forme d'une « onde calorifique », c'est-à-dire une onde d'oscillations intense des atomes. Il n'est pas inconcevable que cette onde calorifique puisse encore fournir l'énergie de seuil de 1 à 2 électron-volts même à une distance d'environ 10 intervalles atomiques, quoiqu'il faille avouer qu'un physicien ingénu se serait peut-être attendu à un rayon d'action un peu plus réduit. Dans beaucoup de cas, l'effet de l'explosion ne sera pas une transition isomérique ordonnée, mais une lésion du chromosome, lésion qui devient léthale quand, par suite de croisements ingénieux, le partenaire non lésé, le chromosome homologue du second jeu, est changé et remplacé par un partenaire dont le gène correspondant est connu comme étant lui-même morbide – tout cela peut être entièrement prévu et c'est exactement ce qui est observé.

52. Leur efficacité ne dépend pas de la mutabilité spontanée.

Un nombre assez important d'autres caractères peuvent être, sinon prévus à partir du modèle, tout au moins rendus aisément compréhensibles avec son aide. Par exemple, un mutant instable n'acquiert pas, en général, par les rayons X, une fréquence de mutation beaucoup plus grande qu'un mutant stable. Or, pour une explosion dégageant une énergie de 30 électron-volts, on ne peut réellement pas s'attendre à trouver une très grande différence, suivant que l'énergie de seuil requise est un peu plus grande ou un peu plus petite, mettons 1 ou 1,3 volt.

53. Mutations réversibles.

Dans quelques cas, on a étudié des transitions dans deux directions opposées, par exemple d'un certain gène « sauvage » à un mutant défini et inversement, de ce mutant au gène sauvage. Dans de pareilles circonstances, la fréquence de mutation naturelle est parfois presque la même, parfois très différente. Au premier abord on est embarrassé parce que le seuil qu'il faut dépasser semble être le même dans les deux cas. Mais il n'en est pas nécessairement ainsi, attendu qu'il doit être mesuré à partir du niveau d'énergie de la configuration de départ et que celle-ci peut être différente pour le gène sauvage et pour le mutant (voir fig 12, page 98), où '1'représentera par exemple l'allélomorphe sauvage, et '2' le mutant, dont la stabilité moindre serait indiquée par la flèche plus courte).

Dans l'ensemble, je pense que le modèle de Delbrück se plie assez bien au contrôle ; nous sommes par conséquent justifiés en l'utilisant pour des considérations nouvelles.

Chapitre VI

Ordre, désordre et entropie

Nec corpus mentem ad cogitandum nec mens corpus ad motum, neque ad quietem nec ad aliquid (si quid est) aliud determinare potest.

SPINOZA.
(*Éthique*, P. III, Prop. 2.)

Ni le corps ne peut amener l'esprit à penser, ni l'esprit ne peut mouvoir le corps ou l'amener au repos ou lui faire accomplir d'autres choses, s'il en existe.

54. Conclusion générale remarquable découlant du modèle.

Reportons-nous à la dernière phrase du § 46 où j'essayai d'expliquer que l'image moléculaire du gène rendait au moins concevable l'opinion « que le code en miniature puisse se trouver en correspondance exacte avec un plan de développement très élaboré et contenir en même temps les moyens de le mettre à exécution ». Eh bien, comment s'acquitte-t-il de ce rôle ? Comment allons-nous traduire cette « concevabilité » en une véritable compréhension ?

Le modèle moléculaire de Delbrück, dans sa complète généralité, ne semble contenir aucune indication au sujet de la façon dont la substance héréditaire accomplit sa fonction. En fait, je pense qu'il n'y a pas la moindre probabilité qu'aucune information à ce sujet soit fournie par la physique, tout au moins dans un avenir proche. Les progrès proviennent et continueront, j'en suis sûr, de provenir de la biochimie guidée par la physiologie et la génétique.

Aucun renseignement détaillé au sujet du fonctionnement du mécanisme génétique ne peut être extrait d'une description aussi générale de sa structure que celle qui a été indiquée ci-dessus. Cela est évident. Mais – et ceci est assez étrange – il y a pourtant une conclusion générale qu'on peut en déduire, et ce fut là, je le confesse, mon unique but en écrivant ce livre.

Il ressort du modèle général de la substance héréditaire selon Delbrück que la substance vivante, tout en n'éludant pas les « lois de la physique » telles qu'elles nous sont connues jusqu'à ce jour, dépend probablement « d'autres lois physiques » inconnues jusqu'ici, mais qui, une fois révélées, constitueront une partie intégrante de cette science au même titre que les premières.

55. L'ordre basé sur l'ordre.

Ceci est plutôt une ligne de pensée assez subtile qui se prête, à plus d'un point de vue, à une fausse interprétation. Toutes les pages qui suivent seront consacrées à la clarifier. Une idée préliminaire, assez grossière quoique pas tout à fait erronée, résulte des considérations suivantes :

Il a été expliqué dans le chapitre 1er que les lois de la physique, telles que nous les connaissons, sont des lois statistiques[1]. Elles ont beaucoup en commun avec la tendance naturelle des choses de s'en aller vers le désordre.

Or, pour réconcilier la grande durabilité de la substance héréditaire avec sa taille minuscule, nous avons dû éliminer cette tendance au désordre en « inventant la molécule », même une molécule exceptionnellement grosse, qui doit être nécessairement un chef-d'œuvre d'un ordre très complexe et très élevé, placé sous la protection de la baguette magique de la théorie des quanta. Les lois de probabilités ne sont pas invalidées par cette « invention », mais leurs conséquences sont modifiées. Le physicien s'est familiarisé avec le fait que les lois classiques de la physique sont modifiées par la théorie des quanta, spécialement aux basses températures. Il y en a beaucoup d'exemples. La vie semble être l'un d'eux, et même un cas particulièrement frappant. La vie paraît être un comportement ordonné et réglementé de la matière, comportement qui n'est pas basé exclusivement sur sa tendance de passer de l'ordre au désordre, mais basé en partie sur un ordre existant qui se maintient.

Pour le physicien – mais pour lui seulement – je pourrais espérer rendre mon point de vue plus clair en disant : L'organisme vivant semble être un système macroscopique dont le comportement se rapproche, pour une part, de ce comportement purement mécanique (par opposition à thermodynamique), vers lequel tous les systèmes tendent lorsque la température se rapproche du zéro absolu et que le désordre moléculaire est aboli.

Celui qui n'est pas physicien trouve difficile d'admettre que les lois ordinaires de la physique, qu'il considère comme le prototype de la précision inviolable, soient

1. Un énoncé d'un caractère aussi général au sujet des lois de la Physique est peut-être discutable. Ce point sera examiné dans le chapitre VII.

vraiment basées sur la tendance statistique de la matière vers le désordre. J'en ai donné des exemples dans le premier chapitre. Le principe général impliqué est la fameuse Seconde Loi de la Thermodynamique (le principe de l'entropie) et sa base statistique, également célèbre.

Dans les §§ 56-60, je vais essayer d'esquisser la signification du principe de l'entropie sur le comportement à grande échelle d'un organisme vivant, en oubliant momentanément tout ce que l'on sait au sujet des chromosomes, de l'hérédité et ainsi de suite.

56. La matière vivante évite la décomposition vers l'équilibre.

Quel est le trait caractéristique de la vie ? Quand dit-on qu'une portion de matière est vivante ? Quand elle ne cesse de « faire quelque chose », de se mouvoir, d'échanger des matériaux avec le milieu environnant, et ainsi de suite, et cela pendant une période beaucoup plus longue que nous supposerions une substance inanimée capable de se maintenir en état de mouvement dans des circonstances analogues. Quand un système non vivant est isolé ou placé dans un milieu uniforme, tout mouvement cesse en général assez vite en conséquence de diverses espèces de frictions ; les différences de potentiel électrique ou chimique sont égalisées ; des substances tendant à entrer en combinaison chimique obéissent à cette tendance ; la température devient uniforme par suite de la conduction de la chaleur. En fin de compte le système tout entier se réduit à une portion de matière inerte, morte. Un état permanent est atteint où l'on n'observe plus aucun événement. Le physicien appelle cela l'état d'équilibre thermodynamique, ou d'« entropie maxima ».

En pratique un état de cette espèce est en général atteint très rapidement. Du point de vue théorique, ce n'est pas encore, en bien des cas, un équilibre absolu correspondant au véritable maximum d'entropie. Mais alors le rapprochement final de l'état d'équilibre est très lent. Il pourrait durer des heures, des années, des siècles… Voici un exemple où le rapprochement est relativement rapide : si l'on place côte à côte, sous un récipient hermétiquement clos, maintenu à température constante, un verre rempli d'eau pure et un autre rempli d'eau sucrée, il semble tout d'abord que rien ne se passe, et l'on a une première impression d'équilibre parfait. Mais après une journée environ, on constate que l'eau pure, par suite de sa tension de vapeur plus élevée, s'évapore lentement et se condense au-dessus de la solution, qui déborde. Ce n'est qu'après que l'eau pure s'est complètement évaporée que le sucre a satisfait à sa tendance d'être réparti également parmi toutes les molécules d'eau utilisables.

Ces rapprochements ultimes, si lents, vers l'état d'équilibre, ne sauraient jamais être confondus avec la vie ; nous pouvons donc en faire abstraction ici. Je n'y ai fait allusion que pour m'éviter d'être accusé d'inexactitude.

57. Elle se nourrit d'entropie négative.

C'est en évitant la décomposition rapide vers un état inerte « d'équilibre » qu'un organisme apparaît si énigmatique ; à tel point que depuis les temps les plus lointains de la pensée humaine on a prétendu – et l'on prétend encore de nos jours dans certains milieux – qu'une force spéciale non-physique, surnaturelle *(vis viva*, entéléchie) opérait sur l'organisme.

Comment l'organisme vivant retarde-t-il la décadence ?

La réponse est évidente : en mangeant, buvant, respirant et (dans le cas des plantes) en assimilant. Le terme technique est *métabolisme*. Le mot grec (μεταβάλλειν) signifie changer ou échanger. De quel échange s'agit-il ? À l'origine l'idée sous-entendue est sans doute un échange de substance. (Ainsi le mot allemand pour métabolisme est Stoffwechsel.) Que l'échange de matière puisse être la chose essentielle est une absurdité. N'importe quel atome d'azote, d'oxygène, de soufre, etc., vaut autant que n'importe quel autre de son espèce : que pourrait-on gagner par un pareil échange ? Pendant un certain temps, dans le passé, on satisfit notre curiosité en nous disant que nous consommions de l'énergie. Dans un certain pays très progressiste (j'ai oublié si c'était l'Allemagne ou les États-Unis, ou les deux), on pouvait trouver dans les restaurants des cartes de menus indiquant, en sus du prix, le contenu énergétique de chaque plat. Il est inutile de dire que, pris littéralement, cela est tout aussi absurde. Pour un organisme adulte le contenu énergétique est aussi stationnaire que le contenu matériel. Comme, incontestablement, une calorie quelconque vaut autant qu'une autre, on ne voit pas comment un simple échange pourrait servir.

Quel est donc ce précieux quelque chose, incorporé à notre nourriture, qui nous sauve de la mort ? La réponse est facile. Tout processus, ou événement, ou développement – appelez-le comme vous voulez – en un mot tout ce qui se passe dans la nature, signifie un accroissement de l'entropie de la partie du monde où l'événement se produit. Ainsi, un organisme vivant accroît constamment son entropie – ou, pourrait-on dire, crée de l'entropie positive – et ainsi tend à se rapprocher de l'état dangereux d'entropie maxima, qui est la mort. Il ne peut s'en maintenir éloigné, c'est-à-dire rester en vie, qu'en soutirant continuellement au milieu environnant de l'entropie négative, ce qui est en réalité quelque chose de très positif, comme nous allons le voir immédiatement. Donc, un organisme se « nourrit » d'entropie négative. En d'autres termes, pour nous exprimer moins paradoxalement, la chose essentielle en métabolisme est que l'organisme réussisse à se débarrasser de toute l'entropie qu'il ne peut s'empêcher de produire tant qu'il vit.

58. Qu'est-ce que l'entropie ?

Qu'est-ce que l'entropie ? Je voudrais tout d'abord faire valoir que ce n'est pas un concept ou une idée vague, mais une quantité physique – mesurable au même titre que la longueur d'une baguette, la température en un point quelconque d'un corps, la chaleur de fusion d'un cristal ou la chaleur spécifique d'une substance. Au zéro absolu de température (approximativement – 273 °C.), l'entropie d'une substance quelconque est nulle. Si l'on amène la substance à un autre état quelconque par de petites transformations lentes et réversibles, si même la substance devait changer par là sa nature physique ou chimique ou se décomposer en deux ou plusieurs parties de natures physiques ou chimiques différentes, l'entropie s'accroît d'une quantité qu'on calcule en divisant chaque petite portion de chaleur qu'il a fallu suppléer au cours de ce processus, par la température absolue à laquelle elle a été suppléée – et en faisant la somme de toutes ces petites contributions. Pour donner un exemple, faisons fondre un solide ; son entropie s'accroît d'une quantité égale au quotient de la chaleur de fusion par la température absolue au point de fusion. On peut voir d'après cela que l'unité qui sert à la mesure de l'entropie est la cal/°C, tout comme la calorie est l'unité de chaleur ou le centimètre l'unité de longueur.

59. La signification statistique de l'entropie.

J'ai fait mention de cette définition technique dans le seul but d'arracher l'entropie à l'atmosphère de mystère brumeux dont on l'enveloppe trop souvent. Mais il importe beaucoup plus pour notre étude de connaître son rapport avec le concept statistique d'ordre et de désordre, conception qui nous a été révélée par les recherches de Boltzmann et Gibbs en physique statistique. Ce rapport est, lui aussi, quantitativement exact et s'exprime par

$$\text{entropie} = k \log D$$

où k est la constante dite de Boltzmann ($= 3{,}2983 \times 10^{-24}$ cal/°C) et D est une mesure quantitative du désordre atomique du corps en question. Il est quasi impossible de donner en termes non techniques une explication à la fois brève et exacte de cette quantité D. Le désordre qu'elle indique est dû en partie à l'agitation thermique et en partie à ce que différentes espèces d'atomes ou molécules sont mélangées au hasard, au lieu d'être nettement séparées, comme par exemple les molécules de sucre et d'eau dans le cas considéré plus haut. L'équation de Boltzmann est nettement illustrée par cet exemple. La dispersion progressive du sucre à travers toute la masse de l'eau utilisable augmente le désordre D, et par conséquent aussi l'entropie (puisque le logarithme de D s'accroît avec D). Il est aussi suffisamment clair que tout apport de chaleur augmente la confusion de l'agitation thermique, c'est-à-dire augmente D et par conséquent aussi l'entropie ; il est particulièrement évident qu'il doit en être ainsi quand on fond un cristal, vu que par là on détruit l'arrangement ordonné et permanent des atomes ou molécules et qu'on transforme le réseau cristallin en une répartition continuellement changeante, au gré du hasard.

Un système isolé ou placé dans un environnement uniforme (qu'il vaudra mieux, du point de vue des considérations qui vont suivre, considérer comme faisant partie intégrante du système que nous étudions) augmente son entropie et s'approche plus ou moins rapidement de l'état inerte d'entropie maxima. Nous nous rendons compte maintenant que cette loi fondamentale de la physique exprime simplement la tendance naturelle des choses à se rapprocher de l'état de chaos, à moins que nous n'y mettions obstacle. C'est précisément cette tendance que manifestent les livres d'une bibliothèque ou les piles de feuillets ou de manuscrits sur un bureau, l'analogie de l'agitation thermique irrégulière étant dans ces cas notre manipulation répétée de ces objets, que nous ne prenons pas la peine de remettre à leur place propre.

60. Organisation maintenue par extraction d'« ordre » du milieu environnant.

Comment pourrions-nous exprimer en fonction de la théorie statistique la merveilleuse faculté que possède un organisme vivant de ralentir sa chute vers l'équilibre thermodynamique, la mort ? Nous l'avons déjà dit : « Il se nourrit d'entropie négative », comme s'il attirait vers lui un courant d'entropie négative afin de compenser l'accroissement d'entropie qu'il produit en vivant et se maintenir ainsi à un niveau d'entropie stationnaire et suffisamment bas. Si D est une mesure de désordre, sa réciproque, $1/D$, peut être considérée comme une mesure directe de l'ordre. Comme le logarithme de $1/D$ est justement le logarithme de D pris en signe contraire, nous pourrons écrire l'équation de Boltzmann sous la forme :

$$-\text{(entropie)} = k \log (1/D).$$

Ainsi, l'expression peu commode d'« entropie négative » peut être remplacée par une meilleure : l'entropie, précédée du signe négatif, est elle-même une mesure d'ordre. Ainsi le mécanisme grâce auquel un organisme se maintient stationnaire à un niveau assez élevé d'ordre (= niveau assez bas d'entropie) consiste réellement en ce qu'il absorbe continûment de l'ordre, à partir du milieu environnant. Cette conclusion est moins paradoxale qu'elle ne le paraît à première vue. On pourrait plutôt lui reprocher d'être banale. En effet, dans le cas des animaux supérieurs, nous connaissons assez bien le type d'ordre dont ils se repaissent, notamment l'état extrêmement bien ordonné de la matière dans les composés organiques plus ou moins complexes qui leur servent d'aliments. Après s'en être servis, ils les rendent sous une forme très dégradée – mais pas complètement pourtant, puisque les plantes peuvent encore les utiliser. Celles-ci, bien entendu, reçoivent de la lumière solaire leur puissante provision d'« entropie négative »[1].

1. Les remarques faites au sujet de l'*entropie négative* ont été reçues avec doute et opposition par des collègues physiciens. Qu'il me soit permis de dire tout d'abord que, si j'avais écrit pour eux seuls, j'aurais plutôt fait rouler la discussion sur l'*énergie libre*. C'est la notion plus familière de ce contexte. Mais ce terme expressément technique me parut être linguistiquement trop proche du terme *énergie* pour permettre au lecteur moyen de se rendre compte de la différence entre les deux notions. Il risquerait de considérer le mot *libre* comme étant plus ou moins une « *epitheton ornans* » sans grande importance, alors qu'en réalité c'est un concept plutôt compliqué, dont le rapport avec le principe de l'ordre par le désordre de Boltzmann est moins facile à faire ressortir que pour l'entropie ou « l'entropie prise à signe

négatif », expression qui, soit dit en passant, n'est pas de mon invention. Il se fait que c'est là précisément la chose autour de laquelle a gravité l'argumentation originale de Boltzmann.
Mais F. Simon m'a fait observer avec beaucoup de pertinence que mes considérations thermodynamiques élémentaires ne suffisent pas à expliquer l'obligation où nous nous trouvons de nous nourrir de substance existant « dans l'état extrêmement bien ordonné où se trouvent les composés organiques plus ou moins compliqués », plutôt que de charbon de bois ou de pulpe de diamant. Il a évidemment raison. Mais pour le lecteur non initié, il me faut expliquer qu'un morceau de charbon ou de diamant non comburé, associé avec la quantité d'oxygène requise pour sa combustion complète, se trouve aussi dans un état extrêmement bien ordonné, dans le sens où le physicien l'entend. En voici la preuve : si l'on permet à la réaction de combustion du charbon de se produire, il se dégage une grande quantité de chaleur. En la cédant au milieu environnant, le système dispose de l'accroissement très considérable d'entropie mis en jeu par la réaction et arrive à un état où il possède, en fait, à peu près la même entropie qu'auparavant.
Pourtant, il ne nous serait pas possible de nous nourrir de l'acide carbonique résultant de la réaction. Et ainsi Simon a parfaitement raison en faisant ressortir, comme il l'a fait, que le contenu énergétique de nos aliments *a* réellement de l'importance ; par conséquent mes railleries relativement aux cartes-menus qui en donnent l'indication étaient hors de propos. De l'énergie est requise pour remplacer non seulement l'énergie mécanique correspondant à nos efforts musculaires, mais encore la chaleur que nous cédons d'une manière continue au milieu environnant. Et le fait de céder cette chaleur n'est pas accidentel mais essentiel. Car c'est précisément de cette façon que nous disposons de l'excès d'entropie que nous produisons incessamment au cours du processus de notre vie physique.
Ceci paraît suggérer que la température plus élevée des animaux à sang chaud offre l'avantage de leur permettre de se débarrasser de leur entropie à une vitesse plus grande, de façon à permettre un processus vital plus intense. Je ne sais pas jusqu'à quel point cet argument (dont je suis seul responsable, à l'exclusion de Simon) est fondé ; on pourrait faire valoir, en effet, que beaucoup d'animaux à sang chaud sont *protégés* contre les pertes de chaleur par

le moyen de manteaux de fourrure ou de plumes. Et ainsi le parallélisme que je crois exister entre la température du corps et « l'intensité de vie », peut devoir être expliqué d'une manière plus directe au moyen de la loi de van 't Hoff, citée à la fin du § 50 : ce serait la température plus élevée elle-même qui causerait l'accélération de la réaction chimique que constitue la vie. Cette accélération directe a été confirmée expérimentalement chez des espèces dont la température est celle du milieu environnant.

Chapitre VII

La vie est-elle basée sur les lois de la physique ?

Si un hombre nunca se contradice, será porque nuca dice nada.

Miguel de UNAMUNO,
(d'après une conversation).

Si un homme ne se contredit jamais, la raison doit en être que virtuellement il ne dit jamais rien du tout.

61. Nouvelles lois à envisager pour l'organisme.

Ce que je désire mettre en lumière dans ce dernier chapitre c'est, en abrégé, que tout ce que nous avons appris au sujet de la structure de la matière vivante doit nous préparer à la voir fonctionner d'une manière irréductible aux lois ordinaires de la physique. Et cela n'est pas dû à l'existence d'une « nouvelle force » ou autre invention qui réglerait le comportement des atomes isolés au sein d'un organisme vivant, mais parce que la construction est différente de tout ce que nous avons examiné jusqu'ici dans les laboratoires de physique. Pour l'exprimer simplement, imaginons un ingénieur qui serait familiarisé uniquement avec les machines à vapeur. Après avoir inspecté la construction d'un moteur électrique il sera disposé à admettre que ce dernier fonctionne d'après des principes qu'il ne comprend pas encore. Il constatera que le cuivre qu'il rencontre dans les chaudières est utilisé ici sous forme de fils très longs enroulés en bobine ; le fer qui lui est familier dans les leviers, dans les barres et les cylindres à vapeur, remplit ici l'intérieur de ces bobines de fil de cuivre. Il sera convaincu que c'est le même cuivre et le même fer, qu'ils sont soumis aux mêmes lois de la nature ; et il ne se trompera pas en cela. La différence de construction est suffisante pour lui faire présumer que le fonctionnement est entièrement autre. Il n'imaginera pas que le moteur électrique est actionné par un démon parce qu'on peut le mettre en marche simplement en tournant un conjoncteur, sans qu'il y ait ni chaudière ni vapeur.

62. Récapitulation de la situation biologique.

Le développement des événements dans le cycle vital d'un organisme témoigne d'une régularité et d'un ordre admirables, qui ne sont égalés par rien de tout ce que nous rencontrons dans la matière inanimée. Nous constatons qu'il est contrôlé par un groupe d'atomes, en ordre parfait, et qui ne représente qu'une très petite fraction de la somme totale dans chaque cellule. En outre, si nous partons de la conception que nous avons admise pour le mécanisme de la mutation, nous concluons que la dislocation de quelques rares atomes appartenant au groupe des « atomes directeurs » de la cellule germinative suffit à produire un changement bien défini dans les macrocaractères héréditaires de l'organisme.

Ces faits sont certainement les plus intéressants que la science nous ait révélés de nos jours. Somme toute nous pouvons incliner à ne pas les trouver complètement inacceptables. La faculté étonnante que possède un organisme de pouvoir concentrer sur lui-même un « courant d'ordre » et d'échapper ainsi à la chute dans le chaos atomique – de s'abreuver d'ordre aux dépens d'un environnement approprié – semble être en rapport avec la présence des « solides apériodiques », les molécules chromosomiques qui représentent sûrement le degré le plus élevé d'association atomique bien ordonnée que nous connaissions – et notamment beaucoup plus élevé que le cristal périodique ordinaire – en vertu du rôle individuel que joue ici chaque atome et chaque radical.

En bref, nous sommes témoins de l'événement que l'ordre existant exhibe la faculté de se maintenir par lui-même et de produire des événements ordonnés. Cela paraît assez plausible, mais en le trouvant plausible, nous nous basons sûrement sur notre expérience de l'organisation sociale et d'autres événements impliquant l'activité d'organismes. Et ainsi, il pourrait paraître que nous tournions dans un cercle vicieux.

63. Sommaire de la situation physique.

Quoi qu'il en soit, le point sur lequel il faut insister encore et toujours, c'est que pour le physicien cet état de choses n'est nullement plausible ; tout au contraire, il est extrêmement passionnant parce qu'il est sans précédent. Contrairement à la croyance commune, le cours normal des événements, gouverné par les lois de la physique, n'est jamais la conséquence d'une configuration bien ordonnée d'atomes – à moins que cette configuration d'atomes se répète un grand nombre de fois, soit comme dans le cristal périodique ou comme dans un liquide ou un gaz composé d'un grand nombre de molécules identiques.

Même quand le chimiste manie *in vitro* une molécule très compliquée, il a toujours affaire à un nombre énorme de molécules semblables. C'est à celles-ci que ces lois sont applicables. Il vous dira, par exemple, qu'une minute après avoir mis en marche une certaine réaction, la moitié des molécules auront réagi, et qu'après une seconde minute les trois quarts d'entre elles auront fait de même ; mais quant à prédire si une molécule particulière, en supposant qu'on puisse suivre son cours, sera parmi celles qui auront réagi ou parmi celles qui sont encore inchangées, il en est incapable. C'est là une pure affaire de hasard.

Ceci n'est pas une supposition purement théorique. Ce n'est pas que nous ne puissions jamais observer le sort d'un seul petit groupe d'atomes ou même d'un seul atome. Nous le pouvons occasionnellement. Chaque fois qu'il en est ainsi nous constatons une irrégularité complète, coopérant à la production d'une régularité mais pour la moyenne seulement. Nous avons traité un exemple dans le premier chapitre. Le mouvement brownien d'une petite particule suspendue dans un liquide est complètement irrégulier, mais s'il y a beaucoup de particules similaires, elles donneront naissance, par leur mouvement irrégulier, au phénomène régulier de la diffusion.

La désintégration d'un seul atome radioactif est observable grâce à l'émission d'un projectile qui produit une scintillation sur un écran fluorescent ; mais si l'on pouvait vous donner un seul atome radioactif, sa survie probable serait beaucoup moins assurée que celle d'un moineau en bonne santé. En effet on ne peut rien en dire de plus que ceci : aussi longtemps que cet atome vivra (et cela peut durer des milliers d'années), sa probabilité, fût-elle grande ou faible, d'exploser pendant la prochaine seconde reste la même. Ce manque absolu de détermination individuelle se traduit néanmoins par la loi exponentielle exacte de désintégration d'un grand nombre d'atomes radioactifs de la même espèce.

64. Contraste frappant.

En biologie, nous nous trouvons en face d'une situation entièrement différente. Un seul groupe d'atomes n'existant qu'en un seul exemplaire produit des événements ordonnés et merveilleusement harmonisés l'un avec l'autre ainsi qu'avec le milieu environnant, et cela grâce à des lois extraordinairement subtiles. J'ai dit qu'il n'existait qu'en un seul exemplaire, car, somme toute, nous avons l'exemple de l'œuf et de l'organisme unicellulaire. Au cours des stades suivants d'un organisme supérieur, les exemplaires sont multipliés, il est vrai. Mais jusqu'à quel point ? Si je ne m'abuse, quelque chose comme 10^{14} chez un mammifère adulte. Qu'est-ce cela ? Moins d'un millionième du nombre de molécules se trouvant dans un centimètre cube d'air. Quoique nos groupes d'atomes soient bien plus volumineux que les molécules d'air, ils ne forment en se soudant intimement qu'une seule petite goutte de liquide. Et notez la façon dont ils sont réellement répartis. Chaque cellule contient tout juste un seul d'entre eux, ou deux si nous tenons compte de la diploïde. Sachant quelle puissance ces minuscules bureaux centraux exercent dans les cellules isolées, ne font-elles pas penser à des sièges de gouvernement local, répartis au travers du corps et communiquant aisément l'un avec l'autre, grâce au code qui leur est commun à tous ?

Cela peut sembler être une description fantastique, convenant peut-être moins à un savant qu'à un poète. Pourtant il n'est nul besoin d'imagination poétique mais seulement de réflexion scientifique, claire et nette, pour reconnaître que nous nous trouvons évidemment en face d'événements dont le développement régulier et bien ordonné est dirigé par un « mécanisme » entièrement différent du « mécanisme de probabilité » de la physique. Car c'est simplement un fait d'observation que le principe directeur contenu dans chaque cellule est incorporé en une seule association atomique n'existant qu'en un seul exemplaire, ou parfois deux, et c'est encore un fait d'observation que le résultat est la production d'événements qui sont un modèle d'ordre. Que nous soyons stupéfaits ou que nous trouvions tout à fait plausible de constater qu'un petit groupe d'atomes, supérieurement organisé, puisse se comporter de cette manière, la situation est sans précédent : elle n'est rencontrée que dans la matière vivante. Le physicien et le chimiste, en explorant la matière inanimée, n'ont jamais été témoins de phénomènes qu'il leur fallût interpréter de cette façon. Le cas ne s'étant pas présenté, n'a pas été prévu par notre théorie – notre magnifique théorie statistique ! Nous en étions justement si fiers parce qu'elle nous permettait de voir derrière le rideau et d'être témoins de l'ordre magnifique des lois physiques exactes sortant du désordre atomique et moléculaire, et aussi parce qu'elle nous a révélé que la loi de l'accroissement d'entropie, la plus importante, la plus générale de toutes, pourrait être comprise sans le secours d'hypothèses spéciales car elle n'exprime rien d'autre que le désordre moléculaire lui-même.

65. Deux méthodes de production d'ordre.

L'ordre constaté dans le développement de la vie vient d'une source différente. Il semble qu'il y ait deux « mécanismes » différents qui permettent la production d'événements ordonnés, le « mécanisme statistique » qui produit de « l'ordre à partir du désordre », et la méthode nouvelle, créatrice « d'ordre à partir d'ordre ». Pour l'esprit sans préjugés, le second principe paraît être beaucoup plus simple, beaucoup plus plausible. Il l'est certainement. C'est pourquoi les physiciens étaient si fiers d'avoir découvert l'autre, le principe de « l'ordre à partir du désordre », qui est réellement suivi par la nature et qui seul permet la compréhension de la suite des événements naturels, et en premier lieu de leur irréversibilité. Mais nous ne pouvons nous attendre à ce que les « lois de la physique » qui en sont dérivées puissent suffire directement à expliquer le comportement de la matière vivante dont les caractères les plus frappants sont visiblement basés, en grande partie, sur le principe de « l'ordre par l'ordre ». On ne peut espérer que deux mécanismes entièrement distincts puissent correspondre au même type de loi – de même que vous ne pouvez vous attendre à ce que votre clef de sûreté ouvre aussi la porte de votre voisin.

Nous ne devons pas, par conséquent, être découragés par la difficulté d'interpréter la vie par les lois ordinaires de la physique. Car c'est précisément là ce qui est à prévoir, compte tenu des connaissances que nous avons acquises au sujet de la structure de la matière vivante. Nous devons donc nous attendre à trouver un nouveau type de loi physique se manifestant en elle. Devrons-nous l'appeler une loi non-physique, pour ne pas dire super-physique ?

66. Le nouveau principe n'est pas étranger à la physique.

Non, je ne le pense pas. Car le nouveau principe impliqué est un principe de nature authentiquement physique ; à mon avis, ce n'est pas autre chose que le principe de la théorie des quanta, une fois de plus. L'explication exigera un certain développement ; il nous faudra revenir dans une certaine mesure sur l'assertion faite précédemment, que toutes les lois physiques sont basées sur la statistique, en y ajoutant un raffinement ou mieux, un amendement.

Cette assertion, répétée à plusieurs reprises, ne pouvait manquer de provoquer des contradictions. En effet, il existe des phénomènes dont les caractères évidents sont visiblement basés directement sur le principe de « l'ordre par l'ordre » et paraissent n'avoir rien de commun avec la statistique ou le désordre moléculaire.

L'ordre du système solaire, le mouvement des planètes, existe depuis des temps immémoriaux. La constellation au moment présent est directement reliée à la constellation de n'importe quel moment de la période des Pyramides ; on peut l'y rapporter, ou vice-versa. Les éclipses historiques ont été calculées et trouvées en concordance étroite avec les annales historiques ; et même dans certains cas elles ont servi à corriger la chronologie acceptée. Ces calculs n'impliquent aucune statistique ; ils sont basés uniquement sur la loi de l'attraction universelle de Newton.

De même, il ne semble pas que le mouvement régulier d'une bonne horloge ou de tout autre mécanisme similaire ait le moindre rapport avec la statistique. Bref, tous les événements purement mécaniques semblent suivre distinctement et directement le principe de « l'ordre par l'ordre ». Et quand nous disons « mécanique », nous entendons qu'il faut prendre ce terme dans un sens large. Ainsi, comme vous le savez, il existe un type très utile d'horloge basée sur la transmission régulière des pulsations électriques émises par une centrale électrique.

Il me souvient d'un intéressant petit mémoire de Max Planck sur le sujet « Les types de lois dynamique et statistique » – (*Dynamische und statistische Gesetzmässigkeit*). La distinction est précisément celle que nous avons faite ici entre « l'ordre à partir de l'ordre » et « l'ordre à partir du désordre ». Le but de ce mémoire était de montrer comment le type intéressant de loi statistique, contrôlant des événements à grande échelle, est dérivé des lois dynamiques qui sont censées gouverner les événements à petite échelle, dus à l'interaction des molécules et des atomes. Or, le second type est illustré par des phénomènes mécaniques à grande échelle, tels que le mouvement des planètes ou celui d'une horloge, etc.

Ainsi, il semble que le « nouveau principe », le principe de l'ordre par l'ordre, que nous avons désigné solennellement comme étant la véritable clef pour la compréhension de la vie, n'est pas du tout une nouveauté en physique. Planck paraît même revendiquer une priorité pour ce principe. Nous semblons arriver à la conclusion ridicule que la compréhension de la vie est basée sur un pur mécanisme, un « mouvement d'horlogerie » dans le sens du mémoire de Planck. La conclusion n'est pas ridicule et à mon avis, elle n'est pas non plus entièrement fausse ; mais elle doit être prise « avec un très gros morceau de sel ».

67. Le mouvement d'une horloge.

Analysons avec précision le mouvement d'une horloge réelle. Ce n'est pas du tout un phénomène mécanique pur et simple. Une horloge purement mécanique n'aurait nul besoin ni d'un ressort, ni d'être remontée. Une fois mise en marche, elle continuerait à marcher pour toujours. Une horloge réelle, dépourvue de ressort, s'arrête après quelques oscillations du pendule ; son énergie mécanique se transforme en chaleur. C'est là un processus atomique infiniment compliqué. L'idée générale que s'en fait le physicien le force à admettre que le processus inverse n'est pas tout à fait impossible ; une horloge sans ressort pourrait subitement se mettre en mouvement aux dépens de l'énergie calorifique de ses propres roues dentées et du milieu environnant. Le physicien devrait en conclure que l'horloge subit un accès exceptionnellement intense de mouvement brownien. Nous avons vu au chapitre premier (§ 9), qu'avec une balance de torsion très sensible (électromètre ou galvanomètre), cette sorte de chose arrive constamment. Dans le cas d'une horloge c'est, bien entendu, infiniment improbable.

Il dépend de notre point de vue de considérer le mouvement d'une horloge comme un processus soumis à des lois dynamiques ou plutôt à des lois statistiques (pour employer les expressions de Planck). En l'appelant un phénomène dynamique, nous concentrons l'attention sur la marche régulière, garantie à l'aide d'un ressort relativement faible mais cependant suffisant pour vaincre les petits obstacles dus à l'agitation thermique, de sorte que nous pouvons les négliger. Mais si nous nous rappelons que l'horloge dépourvue de ressort est graduellement ralentie par suite de la friction, nous arrivons nécessairement à regarder son mouvement comme un phénomène statistique.

Si insignifiants que puissent être, du point de vue pratique, les effets de friction et d'échauffement dans une horloge, il ne peut y avoir de doute que la seconde manière de voir, qui ne les ignore pas, est la plus fondamentale même quand nous avons affaire au mouvement régulier d'une horloge animée par un ressort. Car il ne faut pas croire que le mécanisme moteur change la nature statistique du processus. Même quand il s'agit d'une horloge en marche régulière, le physicien l'imagine, d'après son modèle, comme capable de renverser brusquement sa direction et, en faisant marche arrière, de remonter son propre ressort aux dépens de la chaleur du milieu environnant. L'événement est bien moins probable qu'un accès brownien dans une horloge dépourvue de mécanisme moteur.

68. Le mouvement d'horlogerie a, en fin de compte, un caractère statistique.

Passons maintenant la situation en revue. Le cas « simple » que nous avons analysé est représentatif de beaucoup d'autres – en fait, de tous ceux qui paraissent échapper au principe général de la statistique moléculaire. Les mécanismes d'horlogerie faits de matières purement physiques (en contraste avec l'imagination), ne sont pas de véritables « horloges ». L'élément hasard peut être plus ou moins réduit, la probabilité pour l'horloge de se détraquer brusquement peut être infinitésimale, elle existe quand même toujours à l'arrière-plan. Même dans le mouvement des corps célestes les influences frictionnelles ou thermiques irréversibles ne manquent pas. Ainsi la rotation de la terre est légèrement ralentie par la friction due aux marées et, concurremment avec cette réduction, la lune s'écarte progressivement de la terre, ce qui ne se produirait pas si la terre était une sphère entièrement rigide [1].

Néanmoins, le fait reste que les horloges physiques réelles exhibent très visiblement les caractères, d'ailleurs

1. Bien entendu la terre ne saurait ni changer sa trajectoire ni renverser sa rotation tout d'un coup, et cela par suite de ce qu'on appelle la conservation du moment angulaire.

très proéminents, de « l'ordre par l'ordre » – du type qui provoqua l'excitation du physicien quand il les rencontra dans l'organisme. Il semble probable que les deux cas ont, en fin de compte, quelque chose de commun. Reste à voir en quoi cette communauté consiste et quelle est la différence caractéristique qui rend malgré tout le cas de l'organisme, neuf et sans précédent.

69. Théorème de Nernst.

Quand un système physique – un type quelconque d'associations d'atomes – manifeste-t-il la « loi dynamique » (dans le sens de Planck) ou les caractères « d'un mécanisme d'horlogerie » ? La théorie des quanta offre une réponse très brève à cette question, notamment au zéro absolu de température. Quand on approche du zéro absolu, le désordre moléculaire cesse d'avoir de l'influence sur les événements physiques. Ce fait ne fut pas découvert, soit dit entre parenthèses, par la théorie, mais à la suite d'analyses minutieuses de réactions chimiques dans un grand intervalle de température et en extrapolant les résultats jusqu'au zéro absolu – qui ne peut être atteint dans la réalité. C'est là le fameux « théorème de la chaleur » de Walter Nernst, auquel on donne parfois et non sans raison le nom orgueilleux de « Troisième Loi de la Thermodynamique » (la première étant le principe de l'énergie ; la seconde, le principe de l'entropie).

La théorie des quanta fournit une base rationnelle à la loi empirique de Nernst et nous permet également d'estimer jusqu'à quel point un système doit se rapprocher du zéro absolu pour exhiber un comportement approximativement « dynamique ». Quelle est la température qui, dans un cas particulier quelconque, est déjà pratiquement équivalente à zéro ?

Il ne faudrait pas croire qu'il faut toujours que ce soit une température très basse. En effet, la découverte de Nernst est due au fait que, même à la température du laboratoire, l'entropie ne joue qu'un rôle étonnamment insignifiant dans beaucoup de réactions chimiques (laissez-moi vous rappeler que l'entropie est une mesure directe du désordre moléculaire, notamment son logarithme).

70. L'horloge à balancier est virtuellement à la température zéro.

Examinons le cas de l'horloge à balancier. Pour celle-ci, la température ordinaire est pratiquement équivalente à zéro. Voilà la raison pour laquelle elle fonctionne « dynamiquement ». Elle continuera à fonctionner ainsi si vous la refroidissez (à condition que vous ayez enlevé toute trace d'huile !), mais elle cessera de fonctionner si vous la chauffez fort au-dessus de la température ordinaire, car elle finira éventuellement par fondre.

71. Le rapport entre un mouvement d'horlogerie et un organisme.

Cela paraît être un lieu commun, mais je pense que nous touchons ici au point crucial. Les mouvements d'horlogerie sont capables de fonctionner « dynamiquement » parce qu'ils sont constitués par des solides maintenus en forme par les forces de London-Heitler, assez puissantes pour échapper à la tendance au désordre de l'agitation thermique à la température ordinaire.

Je pense qu'il suffira maintenant de peu de mots pour mettre à jour le point de ressemblance entre un mouvement d'horlogerie et un organisme. C'est tout simplement et uniquement que ce dernier a aussi comme support un solide – le cristal apériodique constitué par la substance héréditaire – soustrait en grande partie au désordre de l'agitation thermique. Mais ne m'accusez pas d'avoir dit que les fibres chromosomiques sont tout simplement les « roues dentées de la machine organique » – tout au moins sans y ajouter une référence aux théories physiques profondes sur lesquelles s'appuie l'analogie.

Car il suffit de moins de phrases encore pour rappeler la différence fondamentale entre les deux et pour justifier les épithètes de nouveauté et de sans précédent dans le cas biologique.

Les traits les plus caractéristiques sont : premièrement, la répartition curieuse des roues dentées dans un organisme multicellulaire (voir la description tant soit peu poétique du § 64) et deuxièmement, le fait que la roue dentée en question n'est pas de grossière fabrication humaine, mais constitue le chef-d'œuvre le plus délicat jamais fabriqué suivant les principes de la mécanique quantique du Seigneur.

Épilogue

Sur le déterminisme et le libre arbitre

En récompense pour le grand soin que j'ai pris pour exposer l'aspect scientifique de notre problème *sine ira et studio*, je demande à pouvoir ajouter mon propre point de vue, nécessairement subjectif, au sujet de ses implications philosophiques.

D'après les arguments présentés dans les pages précédentes, les événements espace-temps qui, dans le corps d'un être vivant, correspondent à l'activité de son esprit, à ses actions conscientes ou autres, sont – en tenant compte aussi de leur structure complexe et de l'explication statistique admise en physico-chimie, – sinon strictement déterministes, tout au moins statistico-déterministes. Pour le physicien je désire faire ressortir que, dans mon opinion et contrairement à celle admise dans certains milieux, *l'indétermination quantique* n'acquiert dans ces événements aucune importance, sauf peut-être pour renforcer leur caractère purement accidentel dans des processus tels que la méiose, la mutation naturelle ou induite par les rayons X, et ainsi de suite. Mais cela est assez évident et bien reconnu.

Pour des raisons d'argumentation, considérons ceci comme un fait, ainsi que le ferait, je pense, tout biologiste impartial s'il ne s'y mêlait l'impression déplaisante bien connue que l'on ressent quand on « déclare être un pur mécanisme ». On estime en effet par là nier le Libre Arbitre, tel qu'il est attesté par une introspection directe.

Mais les expériences directes, quelque variées et disparates qu'elles puissent être, sont logiquement incapables par elles-mêmes de se contredire mutuellement. Voyons donc si nous ne pouvons tirer la conclusion correcte, non contradictoire, des deux prémisses suivantes :

(1) Mon corps fonctionne comme un pur mécanisme, suivant les lois de la nature.

(2) Pourtant je sais par l'expérience directe non controversable que je dirige ses mouvements, dont je prévois les effets, qui peuvent être marquants et de la plus grande importance, auquel cas j'en accepte entièrement la responsabilité entière.

La seule déduction possible de ces deux faits est je pense, que c'est moi – ce moi étant pris dans son acception la plus large, c'est-à-dire celui de tout esprit conscient qui a jamais senti son moi – qui suis la personne, s'il en est une, qui contrôle le « mouvement des atomes » suivant les lois de la nature.

Dans un milieu culturel (*Kulturkreis*) où certaines conceptions, qui eurent autrefois ou ont encore actuellement une signification plus large chez d'autres peuples, ont été limitées et spécialisées, il est osé de donner à cette conclusion l'expression simple qu'elle requiert. Dans la terminologie chrétienne, dire : « Donc, je suis le Bon Dieu », paraît à la fois blasphématoire et fou. Mais veuillez négliger ces connotations pour le moment et considérer si la déduction ci-dessus n'est pas la plus approchée qu'un biologiste puisse obtenir pour prouver d'un seul coup l'existence de Dieu et l'immortalité.

En lui-même, ce concept n'est pas neuf. La tradition en remonte, à ma connaissance, à quelque 2 500 ans ou plus. Depuis les grands Upanishads l'admission ATHMAN-BRAHMAN (le moi personnel égale le moi omniprésent, omniscient et éternel), loin d'être considérée comme blasphématoire, représentait dans la pensée des Hindous la quintessence de la clairvoyance, la plus profonde intelligence des événements du monde. Tous les disciples de Vedanta, après avoir appris à prononcer avec leurs lèvres, s'efforçaient d'assimiler avec leur esprit cette pensée, la plus grande de toutes.

D'autre part les mystiques au cours de nombreux siècles, en toute indépendance et pourtant en parfaite harmonie l'un avec l'autre (plus ou moins comme les particules d'un gaz idéal) ont, chacun en particulier, décrit l'expérience unique de leur vie en termes qui peuvent être condensés dans la phrase : DEUS FACTUS SUM (Je suis devenu Dieu).

Pour l'idéologie occidentale, cette pensée est restée étrangère en dépit de Schopenhauer et d'autres encore qui l'ont défendue, et malgré ces vrais amoureux qui, lorsqu'ils se regardent dans les yeux, se rendent compte que leurs pensées et leurs joies sont *numériquement* une – et non pas simplement analogues ou identiques ; mais ceux-ci, en général, sont émotionnellement trop occupés d'eux-mêmes pour se complaire à penser clairement, et c'est à ce point de vue qu'ils ressemblent très fort aux mystiques.

Permettez-moi quelques commentaires de plus. La conscience n'est jamais éprouvée au pluriel, mais seulement au singulier. Même dans les cas pathologiques de conscience divisée ou de double personnalité, les deux personnes alternent, elles ne se manifestent jamais simultanément. En rêve, nous jouons plusieurs rôles en même temps, mais il y a une différence bien marquée. Nous *sommes* l'un d'entre eux ; en lui nous agissons et parlons directement, tandis que nous attendons, souvent avec anxiété, la réponse ou la réaction d'une autre personne, inconscients que c'est nous qui dirigeons ses mouvements et ses paroles tout autant que les nôtres.

Comment l'idée de pluralité (si énergiquement combattue par les écrivains Upanishads) peut-elle naître ? La conscience se trouve intimement associée à – et dépendant de – l'état physique d'une région limitée de matière, le corps. (Considérez les changements de l'esprit au cours du développement du corps, par exemple pendant la puberté, le vieillissement, le gâtisme, etc., ou les effets résultant de la fièvre, intoxication, narcose, lésion cérébrale, etc.). Or, il y a une grande pluralité de corps analogues. Par conséquent la pluralisation des consciences ou des esprits paraît être une hypothèse très suggestive. Il est probable que tous les gens simples et ingénus, ainsi que la grande majorité des philosophes occidentaux l'ont admise.

Elle conduit presque immédiatement à l'invention des âmes, autant d'âmes qu'il y a de corps, et à la question de savoir si elles sont mortelles comme le corps ou bien immortelles et capables d'exister par elles-mêmes. La première supposition est déplaisante tandis que la seconde oublie, ignore ou nie ouvertement les faits sur lesquels l'hypothèse de la pluralité est basée. Des questions beaucoup plus sottes ont été posées : les animaux ont-ils aussi des âmes ? On a été jusqu'à se demander si les femmes avaient une âme, ou les hommes seulement.

De pareilles conséquences, si même elles ne sont que provisoires, doivent nous amener à douter de l'hypothèse de la pluralité, commune à toutes les croyances occidentales officielles. Ne tendons-nous pas vers un non-sens beaucoup plus grand lorsque, tout en repoussant leurs grossières superstitions, nous retenons leur idée naïve de la pluralité des âmes mais y « remédions » en déclarant que les âmes sont périssables et annihilées en même temps que les corps qui leur correspondent ?

La seule alternative possible est simplement de s'en tenir à l'expérience directe que la conscience est un singulier dont le pluriel est inconnu ; qu'il n'*existe* réellement qu'une seule chose, la pluralité apparente n'étant qu'une série d'aspects différents de cette chose unique, produits par une illusion (la maja hindoue) ; la même illusion se manifeste dans une galerie de glaces ; de même Gaurisankar et le mont Everest se trouvèrent être le même sommet, mais vu de vallées différentes.

Il y a, bien entendu, des histoires de fantômes très élaborées qui sont fixées dans notre esprit pour contrarier notre admission d'une chose aussi simple. Par exemple : on a dit qu'il y a un arbre, là, en dehors de ma fenêtre, mais je ne vois pas réellement l'arbre. Grâce à un stratagème ingénieux dont les échelons initiaux relativement simples, sont seuls explorés, l'arbre réel projette son image dans ma conscience et c'est ce que je perçois. Si vous vous tenez à mes côtés et que vous regardiez vers le même arbre, celui-ci parvient à projeter une image dans votre âme également. Je vois mon arbre et vous voyez le vôtre (remarquablement semblable au mien) ; et ce que l'arbre est en lui-même, nous l'ignorons. C'est Kant qui est responsable de cette extravagance. Dans l'ordre d'idées où la conscience est considérée comme un *singulare tantum*, il est commode d'y substituer la déclaration qu'il n'y a évidemment qu'un seul arbre et que toute cette histoire d'images est une histoire de fantômes.

Et pourtant chacun de nous a l'impression irréfutable que la somme totale de sa propre expérience et de sa mémoire forme une unité tout à fait distincte de celle de toute autre personne. Il l'appelle son « Moi ». *Qu'est-ce que ce « Moi » ?*

Si vous l'analysez de près vous trouverez, je pense, que c'est juste un petit peu plus qu'une collection de données isolées (expériences et souvenirs), notamment la toile *sur laquelle* elles sont rassemblées. Et vous trouverez par une introspection attentive que ce que vous entendez réellement par votre « moi », c'est le « substratum » sur lequel ces données sont fixées. Imaginez que vous vous déplaciez vers un pays lointain, que vous perdiez de vue tous vos amis, que vous arriviez presque à les oublier ; vous vous faites de nouveaux amis, vous partagez leur vie aussi intensément que vous l'avez jamais fait avec les anciens. Le fait que, tout en vivant votre nouvelle vie, vous vous souveniez encore de l'ancienne, deviendrait de moins en moins important. Vous pourriez arriver à parler du « jeune homme que j'étais », à la troisième personne ; le héros du roman que vous seriez en train de lire serait probablement plus proche de votre cœur et certainement plus intensément vivant et mieux connu de vous. Et pourtant il n'y aurait eu ni solution de continuité, ni mort. Et même si un hypnotiseur habile réussissait à vous affranchir entièrement de toutes vos réminiscences antérieures, vous ne penseriez pas qu'il vous aurait tué. En aucun cas, il n'y aurait eu à déplorer la perte d'une existence personnelle.

Et il n'y en aura jamais.

Postface

par Claude Debru

Erwin Schrödinger naquit le 12 août 1887 à Vienne. Son œuvre particulièrement brillante de physicien et de penseur exprime aussi bien les dons de l'homme que le génie singulier de sa ville, les turbulences et la créativité de son époque.

Son père, Rudolf Schrödinger, possédait une manufacture de toile cirée. Il avait fait des études de chimie et s'intéressait à la peinture et à la botanique. Il publia une série d'articles scientifiques sur ce dernier sujet. Son épouse, d'origine anglaise, était une femme douce et maladive. Erwin fut leur fils unique, doté comme son père d'un sens élevé aussi bien pour les sciences que pour les arts. Il reçut une éducation catholique. D'abord instruit par un précepteur, Erwin Schrödinger entra au lycée à l'âge de onze ans. Il fut un élève particulièrement doué, toujours premier de la classe, s'adonnant aussi bien aux mathématiques ou à la physique qu'à la grammaire des langues anciennes ou à la poésie allemande. Il ne répugnait qu'à l'histoire, jugée trop événementielle. Il excellait tout particulièrement en mathématiques et en physique, disciplines qu'il pratiquait comme en se jouant. Ses dons lui permirent d'utiliser ses loisirs à l'apprentissage de l'anglais, qui n'était pas enseigné au collège, et à la pratique des sports. Il demeura toute sa vie un alpiniste passionné.

Étudiant, il fut autant amateur de théâtre, particulièrement des œuvres de Grillparzer, que de physique. Cette dernière lui fut enseignée par des disciples de Boltzmann, Fritz Hasenöhrl pour la physique théorique et Frantz Exner pour la physique expérimentale. Erwin Schrödinger commença à suivre l'enseignement de physique théorique de l'Université de Vienne en 1907, lorsque cet enseignement fut réouvert par Hasenöhrl, deux ans après la fin tragique de Boltzmann. À travers cet enseignement, c'est dans la pensée de Boltzmann que Schrödinger fut élevé. L'étudiant Schrödinger fit la plus forte impression sur ses condisciples et fut distingué par ses maîtres. Il fut nommé assistant de Frantz Exner en 1911. Officier d'artillerie pendant la guerre, la physique ne cessa pas de le préoccuper, et il continua à publier. En 1916, il fut mis au contact de la théorie générale de la relativité d'Einstein. Difficile au premier abord, l'exposition initiale lui parut bientôt, dans certains de ses développements, « inutilement compliquée ». Il s'intéressa également à la philosophie, aux écrits de Mach et d'Avenarius, ainsi qu'à ceux de Spinoza et de Schopenhauer.

Schrödinger se maria en 1920, devint assistant à Iéna auprès de Max Wien, et bientôt professeur extraordinaire à Stuttgart, puis à Breslau. Il fut nommé en 1921 dans la chaire précédemment occupée par Einstein et Max von Laue à Zürich. Il y resta six ans, et eut pour collègues à Zürich Hermann Weyl et Peter Debye. Ses travaux de l'époque concernent aussi bien la thermodynamique statistique (chaleur spécifique des solides, théorie des gaz, définition statistique de l'entropie, notions d'état macroscopique et microscopique) que la première théorie quantique (atome de Bohr et spectres atomiques), la théorie de la relativité, ou la théorie de la vision des couleurs. En 1926 furent publiés coup sur coup les cinq articles sur la mécanique ondulatoire qui forment sa contribution fondamentale à la formalisation de la deuxième théorie quantique.

Les travaux de Schrödinger sur la mécanique ondulatoire résultent de la nécessité de procéder à une rationalisation plus appronfondie des conditions de quantification. Cette nécessité était alors ressentie par de nombreux physiciens, mais Louis de Broglie fut le premier à y répondre d'une manière convaincante, et ses travaux furent la source principale de ceux de Schrödinger.

Louis de Broglie, en 1924, associa à l'électron une onde. Par cette hypothèse hardie, de Broglie faisait effectuer à la physique un nouveau pas dans la direction de l'unification entre dynamique du point matériel et théorie des ondes. Au cours des développements qui ont conduit à la première théorie quantique et au modèle planétaire de l'atome de Bohr, certains physiciens, comme Einstein, avaient ressenti le besoin d'élaborer des conceptions présentant à la fois un caractère ondulatoire et corpusculaire afin d'expliquer les interactions entre matière et rayonnement. Dans sa théorie du rayonnement du corps noir (1900), Planck avait dû admettre que tout rayonnement de fréquence donnée est émis ou absorbé par quantités finies, l'énergie du rayonnement étant égale à la fréquence multipliée par une certaine constante h, qui sera baptisée constante de Planck et qui a la dimension d'une action. De même, dans son interprétation de l'effet photoélectrique (1905), Einstein a montré que l'énergie lumineuse ne pouvait être absorbée par la matière que par quantités discrètes, localisées dans des points de l'espace. Le corpuscule de lumière ne peut extraire un électron de la matière que si son énergie $h\nu$ est supérieure à l'énergie d'extraction de l'électron. Mais si le rayonnement a un aspect corpusculaire, il doit être possible d'assigner à la particule une quantité de mouvement. Einstein poursuivit ainsi l'étude théorique de l'interaction entre matière et rayonnement. En 1916, il prit en considération l'existence de cette quantité de mouvement aussi bien dans le cas de l'absorption de radiation (il y a alors transfert de quantité de mouvement) que dans le cas de l'émission (il y a recul si l'émission est directionnelle). Dans le cas de l'émission spontanée d'une radiation d'énergie hν par une molécule, ce processus est également directionnel et ne possède pas de symétrie sphérique. En insistant sur l'aspect quantique et pour ainsi dire corpusculaire du rayonnement, Einstein soulignait la nécessité d'établir une véritable théorie quantique du rayonnement qui permette de combler le fossé avec la théorie classique des ondes. Les conceptions d'Einstein sur l'aspect corpusculaire du rayonnement ont fourni une explication de l'effet découvert en 1922 par Compton : la diffusion des rayons X par la matière s'accompagne d'un abaissement de la fréquence du rayonnement diffusé ainsi que de la mise en mouvement d'électrons. Une conception quantique du rayonnement X s'imposait donc, alors même que la nature ondulatoire des rayons X avait été mise en évidence, en 1912, grâce à la découverte de la diffraction des rayons X par les cristaux, due à Max von Laue.

Or, si l'aspect corpusculaire de la lumière est devenu apparent, la nécessité de réfléchir à l'aspect ondulatoire de la matière et particulièrement des phénomènes intra-atomiques s'est également imposée. Il fallait réfléchir en particulier à leur unité, qui découlait, dans les deux cas, de l'existence d'une quantification, quantification de la lumière et quantification des états d'énergie à l'intérieur de l'atome, développée par Bohr.

C'est à l'unification des points de vue corpusculaire et ondulatoire et à l'approfondissement de la signification des quanta que travailla Louis de Broglie, et il fut guidé dans cette réflexion par des analogies. En effet, mécanique et optique sont toutes deux régies par des principes de minimum : principe de moindre action de Maupertuis pour la mécanique, principe de Fermat pour l'optique (principe selon lequel la lumière suit le chemin dont la durée de parcours est minimale). En outre, les phénomènes d'interférence de la théorie classique des ondes sont également régis par des nombres entiers, comme le sont les lois du mouvement des électrons dans les atomes, exposées dans la théorie quantique. De Broglie chercha donc à coordonner les deux représentations.

Pour cela, il envisage l'énergie et la quantité de mouvement d'une particule (un électron) dans le cadre de la théorie de la relativité. Or la théorie quantique implique également qu'à toute énergie soit associée une fréquence sous la forme d'un quantum $h\nu_o$. Il fait donc l'hypothèse de l'identité de ces deux énergies, qui s'exprime dans la relation fondamentale $h\nu_o = m_oc^2$, la fréquence ν_o étant mesurée dans le système propre de la particule. Par une suite de raisonnements empruntés à la théorie de la relativité restreinte, de Broglie aboutit au concept d'onde associée à la particule, onde se propageant dans la direction du mouvement de la particule avec une vitesse de phase égale à : $\frac{c^2}{v}$
supérieure à la vitesse de la lumière ou vitesse limite de l'énergie. Cette vitesse de phase représente la vitesse de déplacement d'une phase déterminée, ou de l'ensemble des plans équiphase, et non pas la vitesse de déplacement du train d'ondes, ou la vitesse de déplacement de l'énergie. Elle représente, écrit de Broglie, « la distribution dans l'espace des phases d'un phénomène ; c'est une “onde de phase” ». Une présentation très raccourcie des idées de de Broglie consiste à montrer que la quantité de mouvement correspondante est égale à l'énergie $h\nu$ divisée par la

vitesse de phase, équation d'où l'on obtient la formule de de Broglie, qui associe longueur d'onde de l'onde associée et quantité de mouvement : $\lambda = \frac{h}{p}$

Louis de Broglie cherche en réalité à comprendre la quantification des trajectoires électroniques dans l'atome de Bohr à partir de sa conception selon laquelle la trajectoire des électrons est orthogonale aux surfaces d'égale phase de l'onde de phase. Pour qu'il y ait un régime stable, il faut que la longueur d'une trajectoire périodique (circulaire, par exemple) soit égale à un nombre entier de longueurs d'onde de l'onde de phase. Généralisant cette idée, de Broglie écrit : « La dynamique du point matériel dissimule sans doute une propagation d'ondes, et le vrai sens du principe de moindre action est d'exprimer une concordance de phase ». L'expérience de diffraction des électrons par des cristaux, effectuée par Davisson et Germer en 1927, a confirmé la nécessité d'associer à l'électron une onde.

Le travail de de Broglie fut immédiatement communiqué à Einstein par Langevin. Einstein chercha à diffuser les idées de de Broglie en Allemagne. Mais ses collègues se montrèrent plutôt réservés. Schrödinger, à Zürich, chercha à reformuler les idées de de Broglie. Il était depuis un certain temps sensible à la nécessité de redonner vie aux conceptions ondulatoires, mais la présentation de de Broglie lui paraissait difficilement compréhensible. Il eut l'occasion, en 1925, d'en parler avec son collègue Debye, qui enseignait alors à l'Institut Polytechnique de Zürich. Ce dernier lui suggéra de préparer un séminaire sur la question. De ce projet de séminaire est issu, non sans quelques péripéties, l'approfondissement important que Schrödinger a donné à la mécanique ondulatoire, avec la célèbre équation qui porte son nom.

Le point de départ de la démarche de Schrödinger en mécanique ondulatoire est moins constitué par l'exposé de de Broglie que par certains travaux d'Einstein, qui chercha à appliquer aux gaz la conception d'un champ ondulatoire. Cependant, le problème de Schrödinger résidait dans la mécanique de l'atome, et dans la nécessité de comprendre les conditions de quantification de Bohr-Sommerfeld et les spectres atomiques. Familiarisé avec les problèmes de valeur propre dans la physique des milieux continus, il a abordé le problème d'une manière continuiste, la discontinuité apparaissant dans les « valeurs propres », solutions de certaines équations différentielles. La quantification devenait un problème de valeur propre. La forme mathématique élaborée par Schrödinger repose sur une reprise de la mécanique de Hamilton dans le formalisme des opérateurs, et sur l'analogie déjà utilisée par Hamilton entre mécanique et optique. L'analogie optique qui guide Schrödinger dans son interprétation de la mécanique de l'atome est celle des systèmes d'ondes stationnaires : dans de tels systèmes, l'obtention de discontinuités ne passe plus par l'intégrale d'action, ce qui était le cas dans les travaux de Planck. La mécanique ondulatoire de Schrödinger, dans sa forme mathématique, permet la déduction de niveaux d'énergie discontinus qui sont les valeurs propres de l'équation d'onde une fois définies les conditions aux limites. La méthode consiste à déterminer les valeurs propres d'un certain opérateur (l'opérateur hamiltonien pour l'énergie totale) appliqué à une certaine fonction (fonction propre, la fonction d'onde Ψ).

Ainsi, l'équation de Schrödinger a été établie dans un rapport intime avec la forme hamiltonienne de la mécanique, c'est-à-dire, comme le remarque Schrödinger, « avec la forme de la mécanique classique qui contient déjà l'indication la plus claire du caractère ondulatoire vrai d'un processus mécanique». L'équation de Schrödinger a la même allure que celle de Hamilton pour le système conservatif de la mécanique classique. Toutefois, l'équation de Schrödinger a un caractère de tentative aussi bien que de principe. Elle possède le statut logique d'un énoncé indéductible, valide parce que puissant dans le domaine qui est le sien, celui de la physique atomique et moléculaire. Le succès de Schrödinger tient aussi à sa maîtrise d'outils mathématiques nouveaux, et en particulier des méthodes de physique mathématique de Courant et Hilbert.

L'équation de Schrödinger permet d'établir la discontinuité des niveaux d'énergie dans un cadre classique, non relativiste. Schrödinger essaya d'abord d'appliquer sa méthode au cas de l'électron relativiste dans l'atome d'hydrogène. Ses résultats ne furent pas en accord avec l'expérience, du fait qu'il n'avait pas pu prendre en considération le spin de l'électron, inconnu de lui à l'époque. Schrödinger en conclut que sa méthode n'était pas correcte et l'abandonna un certain temps. Il y revint cependant en effectuant un traitement non relativiste de l'électron, ce qui s'accorda mieux avec l'expérience dans le cadre de l'approximation non relativiste. C'est ainsi qu'il se décida à publier son travail, d'une manière retardée, en 1926. Ce travail fut immédiatement l'objet d'un intérêt considérable. Par la suite, Dirac a développé l'équation de Schrödinger dans le cadre relativiste, et ceci a mené aux antiparticules (électron positif).

Alors que Schrödinger travaillait à la formalisation de la mécanique ondulatoire, Heisenberg, Born et Jordan formulaient en 1925 une nouvelle présentation, matricielle, de la mécanique quantique. Schrödinger montra, en 1926, l'équivalence mathématique des deux présentations. On a pu souligner, à ce sujet, la parenté profonde des deux présentations, occultée par une mathématisation très différente. En effet, le point de départ de la démarche de Heisenberg consistait à substituer à la notion d'orbite électronique de Bohr la supposition d'oscillateurs virtuels et leur analyse en série de Fourier.

La fonction d'onde de Schrödinger est une fonction de l'espace. La signification physique de la fonction d'onde a été discutée, car il s'agit d'une fonction complexe. Dans une certaine analogie avec la notion classique qui relie l'intensité d'un rayonnement au carré de son amplitude, Schrödinger a d'abord vu dans le carré du module de cette quantité complexe l'expression d'une densité de charge électrique. Ce point de vue nécessitait cependant de concevoir l'électron non plus comme une particule chargée, mais comme une sorte de nuage. Max Born a proposé une interprétation probabiliste de la fonction d'onde : le produit de la fonction complexe et de sa fonction conjuguée, produit qui constitue le carré du module de la fonction, doit être considéré comme représentant la probabilité de localiser par l'observation l'électron en un point de l'élément de volume considéré. L'esprit de la nouvelle mécanique consiste à délimiter un espace de probabilité, formant l'ensemble d'une multiplicité de positions ou trajectoires en elles-mêmes interchangeables. Si Schrödinger n'a pas accepté l'interprétation probabiliste, et s'en est tenu à une interprétation classiquement analytique, il n'en a pas moins rejeté la notion de trajectoire, qui perdait alors tout sens pour la description de la mécanique de l'atome.

L'équation de Schrödinger trouva naturellement sa première application dans l'atome d'hydrogène, qui doit son caractère exemplaire dans la mécanique quantique au fait qu'il représente le seul problème à deux corps dont cette mécanique ait à traiter. Schrödinger le traita dans la série de ses publications. L'atome d'hydrogène y était illimité en toute rigueur. Il présentait une symétrie sphérique. La probabilité maximale de présence de l'électron dans l'état fondamental, correspondant au maximum de la fonction de distribution radiale, se trouvait coïncider avec le rayon de Bohr. L'un des premiers succès de la mécanique ondulatoire sous sa forme Schrödinger concerne également la théorie de la liaison chimique homopolaire. Heitler et London ont traité le problème, en 1927, aux côtés d'Erwin Schrödinger à Zürich, pour la molécule d'hydrogène. L'utilisation de l'équation d'onde leur permit de substituer à la théorie de la liaison par « partage » d'une paire électronique, due à Lewis, la notion d'un échange d'électrons identiques, indiscernables, mais susceptibles d'échanger leurs sphères d'appartenance, en raison du fait que le domaine de localisation de l'électron peut être considéré comme un espace de probabilité. Par la suite, l'équation de Schrödinger est devenue un outil fondamental en chimie. Pauling en particulier en a fait un grand usage en chimie organique. Elle a dû une part de son succès à son caractère plus intuitif que la mécanique quantique dans sa version matricielle.

La relation d'indétermination de Heisenberg peut être obtenue à partir de l'équation de Schrödinger. Cette relation implique que l'on ne puisse pas déterminer expérimentalement avec la même précision la position et la quantité de mouvement de l'électron. Le produit des incertitudes sur la position et la quantité de mouvement est de l'ordre de grandeur du quantum d'action. La relation d'indétermination découle aussi bien de la nature ondulatoire que de la dimension probabiliste des phénomènes. Elle a été à la source de nombreuses discussions sur la rationalité de la mécanique quantique, sur la validité des principes de causalité et de continuité dans la mécanique de l'atome. Selon l'interprétation dite de Copenhague de la mécanique quantique, proposée par

Bohr dès 1927, l'aspect corpusculaire et l'aspect ondulatoire sont complémentaires au sens où toute précision sur l'un se paie d'une imprécision sur l'autre. Qu'ils soient complémentaires signifie qu'ils ne peuvent être contemporains. Tout dispositif expérimental faisant apparaître l'un exclut l'autre. En effet, le dispositif expérimental interfère avec le phénomène. L'interprétation de Bohr est fondée sur l'idée de cette interaction entre l'appareil de mesure et le phénomène. Seule la prise en considération de cette interaction permet de faire apparaître une rationalité globale, par complémentarité des différents aspects des phénomènes. Dans le cadre de cette philosophie, une description causale entièrement univoque est impossible. Certains physiciens n'ont cependant pas renoncé à l'idéal de l'explication causale. Parmi eux, Planck, Einstein, de Broglie (qui a répudié l'interprétation de Copenhague après l'avoir enseignée), von Laue, et Erwin Schrödinger. Schrödinger n'a pas accepté l'interprétation probabiliste que Max Born a donné de la fonction d'onde. Il a cherché à concevoir l'électron comme groupe ou paquet d'ondes. Il n'a pas non plus accepté l'interprétation de Copenhague, qui lui paraissait une interprétation « transcendantale », pour ainsi dire « psychique » (nous dirions idéaliste) de la mécanique ondulatoire. Son point de vue restait celui des conceptions classiques.

Physicien, Schrödinger ne cessa jamais de cultiver la philosophie. C'est ainsi que dans l'intervalle de ses réflexions sur la mécanique ondulatoire, à l'automne 1925, il écrivit un essai philosophique, dans lequel il exprime une philosophie proche de l'hindouisme, mettant l'accent sur l'unité de la conscience et du monde, et sur une sorte de monisme de la communauté des consciences. Au rationalisme étroit des penseurs modernes, il préfère Spinoza voire Fechner. Kant, Schopenhauer,

Mach, Avenarius sont également mentionnés avec faveur. Schrödinger veut redéfinir la place de la métaphysique : il faut limiter son rôle dans la science, mais « la préserver en même temps en tant que soutien indispensable de notre connaissance ». Sans la métaphysique, la science aussi bien que l'art ne seraient que « squelettes pétrifiés ». La métaphysique, pour Schrödinger, est l'avant-garde de la connaissance.

En 1927, l'Université de Berlin invita Schrödinger à succéder à Max Planck dans sa chaire de Physique Théorique. Schrödinger hésita. Il était bien enraciné à Zürich. Mais la physique se faisait alors à Berlin, entre Einstein, Planck, von Laue, Hertz, Nernst et d'autres. La période berlinoise de Schrödinger fut heureuse. Il se lia particulièrement avec Planck.

Mais la situation politique allemande se dégradait rapidement. Schrödinger accepta l'offre qui lui fut faite par la société anglaise Imperial Chemical Industries d'un soutien financier sans contrepartie. Schrödinger quitta l'Allemagne au début de l'été 1933, arriva à Oxford en novembre. Il y apprit bientôt que le Prix Nobel de Physique venait de lui être décerné, ainsi qu'à Dirac. Il avait été décerné à Heisenberg en 1932. Cependant, Schrödinger céda bientôt à la nostalgie de son pays natal. Malgré les incertitudes politiques de l'Autriche, il accepta, en 1936, un poste d'enseignement à Graz. Le rattachement de l'Autriche à l'Allemagne nazie en 1938 le mit dans une situation particulièrement difficile. Forcé d'exprimer son approbation au régime, il le fit d'une manière aussi ambiguë que possible. Il fut congédié de ses fonctions à Graz. Mais les nazis ayant omis de lui confisquer son passeport, il put quitter le pays et passer en Italie, d'où il regagna l'Angleterre par la Suisse. La Belgique lui offrait un poste de professeur à Gand, qu'il accepta. La guerre l'y surprit dans la situation de ressortissant d'une puissance ennemie. Mais des amis veillaient sur son destin depuis un certain temps. Parmi eux, le Premier Ministre irlandais, Eamon de Valera, qui avait été Professeur de Mathématiques à l'Université de Dublin, et qui cherchait à installer Schrödinger en Irlande. C'est à l'action discrète de de Valera que Schrödinger avait dû de pouvoir quitter l'Autriche sans trop de mal. De Valera, alors Président de la Société des Nations à Genève, l'y avait accueilli et l'avait pressé de poursuivre son voyage. De Valera avait fait émettre un sauf-conduit pour la personne de Schrödinger lorsque celui-ci se trouvait en Belgique au moment de la déclaration de guerre. Schrödinger put ainsi regagner l'Angleterre, puis l'Irlande. De Valera fit créer à Dublin un « Institute for Advanced Studies » qui comprenait deux divisions, l'une pour la physique théorique et l'autre pour la recherche sur les langues celtiques. Schrödinger y fut nommé Directeur.

Schrödinger resta dix-sept ans à Dublin. L'Irlande lui plaisait. La position de Directeur d'un Institut de recherche en physique théorique lui convenait parfaitement. De jeunes physiciens venus du monde entier, au nombre de dix à quinze boursiers en moyenne par an, passaient un ou deux ans à Dublin. Une école d'été fut organisée, qui devint rapidement célèbre. Max Born, Dirac y participaient fréquemment. Les conditions d'une vie productive et agréable étaient réunies pour Schrödinger, et ces années furent créatrices.

Schrödinger continuait à réfléchir à la signification de la mécanique ondulatoire, à son interprétation statistique. Il n'acceptait pas la théorie de la complémentarité des descriptions ondulatoire et corpusculaire, ni l'interprétation de la fonction d'onde en termes de probabilité de présence d'une particule. Il cherchait à élaborer une théorie purement ondulatoire, et à la formuler dans un cadre relativiste. Un autre sujet de réflexion était pour lui la connexion à établir entre la gravitation et l'électromagnétisme. Comme Einstein, il cherchait à établir une théorie unitaire des champs. La recherche d'une unification des différents types d'interaction est restée depuis lors une voie fructueuse de la physique moderne.

Schrödinger écrivit à Dublin un certain nombre d'essais. L'un d'entre eux est devenu particulièrement célèbre. Il reprend une série de conférences données en 1943, dans lesquelles Schrödinger s'interrogeait sur la possibilité d'une compréhension physique des processus les plus fondamentaux de la matière vivante. Par cet ouvrage, *What is Life ?*, Schrödinger a eu une influence indéniable sur l'orientation prise par la biologie moléculaire. Sa réflexion est celle d'un philosophe tout autant que d'un physicien. Elle opère d'une manière a priori et par concepts. Elle s'interroge sur les conditions de possibilités structurales de propriétés apparentes. De cette manière, elle va très loin dans l'élucidation des conditions logiques d'existence des êtres biologiques. Aujourd'hui encore, la réflexion du physicien-philosophe sur la science du vivant frappe par son acuité, derrière la simplicité volontaire de son argumentation. Il est vrai que cette simplicité-là est d'une espèce à laquelle il n'est pas aisé de parvenir.

Quel est l'état de la biologie moderne lorsque Schrödinger entreprend de réfléchir sur une approche physique de la biologie, qui reste alors pour l'essentiel à naître ? Si l'on met à part l'évolutionnisme, qui ne se situe pas réellement au centre de sa réflexion, deux grands domaines, la biochimie et la génétique, ont depuis longtemps émergé, sans pour autant arriver à se réunir. La biochimie se développe avec plus de succès dans l'élucidation des conditions énergétiques et métaboliques de la vie cellulaire que dans l'analyse structurale des principales molécules d'intérêt biologique, acides nucléiques et protéines, sur lesquelles elle achoppe. La génétique, au départ science formelle de la combinatoire des caractères héréditaires, cherche à préciser les mécanismes chromosomiques de la transmission héréditaire et à cartographier les lieux chromosomiques qui sont responsables des caractères phénotypiques. Elle cherche aussi à comprendre le déterminisme génétique qui préside à la physiologie cellulaire. Ainsi, les molécules responsables de la spécificité et de la direction des réactions du métabolisme cellulaire, les enzymes, sont considérées comme les produits de l'activité des gènes. Mais la question de la nature chimique des gènes reste sans réponse claire. Les chromosomes sont des complexes d'acides nucléiques et de protéines. Mais les protéines paraissaient des substances plus variables, moins uniformes que les acides nucléiques. Les protéines étaient alors reconnues comme étant des polymères d'acides aminés, dont les proportions relatives étaient connues sans que l'arrangement mutuel soit élucidé. Pour certains biochimistes, les protéines, par leur variabilité, pouvaient constituer le support matériel de l'hérédité. Cette opinion est d'ailleurs mentionnée par Schrödinger. Elle s'est avérée erronée.

Ainsi, malgré les efforts considérables des chimistes organiciens, efforts qui devaient tant aux outils mis au point par Schrödinger, la structure des principales classes de molécules biologiques restait inconnue et les mécanismes moléculaires de l'hérédité étaient profondément énigmatiques. Les mécanismes les plus fondamentaux de la vie restaient enveloppés de mystère. Dans ce contexte, un penseur comme Niels Bohr pouvait soutenir sans paraître déplacé que l'essence du processus vital était destinée à rester cachée. En effet, à ses yeux, la situation de la biologie n'est pas très différente de celle de la physique quantique, où l'existence du quantum d'action comme fait élémentaire détermine la limite de l'intellection accessible par un processus expérimental. De la même façon, la vie peut être considérée comme un fait élémentaire qui limite de lui-même la précision de nos expériences et nous empêche ainsi d'accéder à son déterminisme. En France, un biophysicien comme Jacques Duclaux a soutenu des idées analogues. Telle n'était pas la position de Schrödinger qui, là encore, différait fondamentalement de Bohr. Sans doute était-il assez proche des chimistes, moins embarrassés par les arguments de Bohr, et l'idée que la fibre chromosomique ou le gène peut être considérée comme un « solide apériodique » doit manifestement beaucoup plus aux travaux des chimistes organiciens sur les polymères organiques et les arrangements moléculaires complexes qu'un Francis Crick n'a bien voulu le reconnaître.

Mais Schrödinger, dans son exil de Dublin, a été particulièrement perspicace lorsqu'il a accordé toute l'importance que l'histoire devait plus tard lui reconnaître aux travaux d'un jeune physicien berlinois, Max Delbrück, sur la mutagenèse induite par les rayons X. Delbrück avait été l'élève de Bohr, et a sans doute dû à l'influence de celui-ci de passer de la mécanique quantique à la biologie. Delbrück côtoya Schrödinger à Berlin. Il se lia surtout avec le généticien russe Timoféeff-Ressovsky, qui séjournait alors à Berlin, ainsi qu'avec un physicien spécialiste de l'utilisation biologique des radiations ionisantes, Zimmer. De leur collaboration est issu, en 1935, le travail qui attira plus tard l'attention de Schrödinger. Ce travail donnait une interprétation quantique de la mutagenèse induite par les rayons X ainsi qu'une interprétation de la nature moléculaire du gène par le biais de ses propriétés de stabilité : la taille, le nombre approximatif d'atomes du gène, la nature des forces moléculaires qui les unissent, celle du processus mutagène, pouvaient découler de l'observation de mutations induites. Ainsi, à côté de la biologie des chimistes, la biologie des physiciens se développa dans une direction originale, et l'élucidation des mécanismes moléculaires de l'hérédité a dû beaucoup, par la suite, aux idées de Delbrück et aux objets comme les virus dont il perçut tout l'intérêt pour les développements futurs de la biologie.

Replacée dans ce contexte, la réflexion de Schrödinger apparaît dans sa force et sa singularité. S'interrogeant d'une manière spéculative sur l'intelligibilité des caractères essentiels du vivant au regard des grandes conceptions de la physique, Schrödinger n'exprime pas seulement avec une vigueur particulière le programme d'une biologie moléculaire à venir. Dans cette perspective, son apport est certes considérable, avec son insistance sur la notion de code génétique, sa conception originale du solide apériodique, son appréciation des travaux de Delbrück. Mais sa pensée va plus loin. Elle est plus fondamentale, en un certain sens plus philosophique. Elle touche en effet à des questions de rationalité, dans lesquelles les propriétés du vivant sont moins considérées en elles-mêmes que replacées dans le contexte d'un débat fondamental de la physique, qui nous intéresse aujourd'hui encore, et même plus que jamais.

L'étudiant élevé dans la pensée de Boltzmann, devenu plus tard l'auteur d'un traité de thermodynamique statistique, est aussi devenu, en effet, un théoricien des phénomènes quantiques attaché à une interprétation classique, ondulatoire et non statistique de ces phénomènes. À travers sa réflexion sur le problème que pose à la physique l'existence de la vie, Schrödinger se trouve confronté à la question de savoir laquelle de ces deux conceptions, la conception mécanique et dynamique classique et la conception statistique est plus fondamentale que l'autre.

On le sent, parfois, hésiter sur ce point, qui a été sans doute crucial dans tout son développement scientifique. Mais il finit par choisir, et par affirmer que la manière la plus fondamentale de considérer le réel est le point de vue de la mécanique statistique. Ni le mouvement d'une horloge ni la rotation de la terre n'échappent à ce point de vue, déclare-t-il. Mais ce point de vue n'est pas le seul possible. Dans le cadre de ce qui est en réalité de l'ordre d'une vision du monde ou d'une thèse philosophique, et qui le fait peut-être s'accorder avec sa première éducation boltzmanienne, Schrödinger est donc amené à expliquer les caractères particuliers du phénomène vital, solidité, stabilité, organisation, en faisant appel aux conceptions quantiques et à la théorie de la liaison chimique (de type Heitler-London) qui en découlait. L'énergie de cette liaison est telle en effet qu'elle n'est pas atteinte par les fluctuations statistiques. Aux yeux du lecteur moderne, Schrödinger n'a pourtant pas épuisé la question, puisque l'on attribue aujourd'hui certains phénomènes d'organisation, en particulier au niveau supramoléculaire, à des effets de type thermodynamique.

Certes bien des questions que se posait Schrödinger ont été résolues d'une manière satisfaisante par la biologie. Toutes ne l'ont pourtant pas été, ou ne le seront peut-être pas dans la voie qu'il a tracée. Bien des confusions, aussi, qui entourent sa discussion de l'ordre, du désordre, de l'entropie, tendent à se dissiper aujourd'hui. Mais il n'est pas pour autant exagéré de dire que la biologie reste un sujet de réflexion, et même une épreuve, pour la physique. Il y a donc deux niveaux de lecture de l'œuvre de Schrödinger. Le premier consiste à y voir la réflexion d'un physicien sur la biologie. Le second consiste à y voir la discussion que la biologie provoque sur la rationalité des conceptions de la physique. Les deux points de vue sont inextricablement liés dans le texte de Schrödinger. Mais le lecteur peut les distinguer. Le reste, à savoir l'influence de l'œuvre de Schrödinger sur le développement de la biologie moléculaire, est affaire d'histoire, mélange de circonstances, et problème de jugement.

Mesurer et apprécier l'influence d'une œuvre est un travail délicat. On a pu porter sur cette influence, indéniable dans le cas de Schrödinger, difficile pourtant à cerner exactement, des jugements variés. De nombreux protagonistes du développement de la biologie moléculaire ont reconnu que l'ouvrage de Schrödinger a joué un rôle déterminant sur leur orientation scientifique : Benzer, Chargaff, Crick, Watson, Wilkins, d'autres encore. L'ouvrage a exercé sur certains esprits une véritable fascination, à certains égards paradoxale. L'ingénuité même avec laquelle le physicien Schrödinger prétendait aborder les problèmes de la biologie, sa manière particulière d'aller droit au but, son style peu académique, son caractère entraînant et imaginatif ont été évoqués par ceux qui ont subi son influence. Le mérite de Schrödinger a sans doute été de montrer d'une manière particulièrement convaincante l'accessibilité du problème du gène, et par là d'orienter de jeunes chercheurs dans cette direction. Le mérite n'est pas mince, même si certains de ces chercheurs ont pu avoir par la suite, sur le contenu de l'ouvrage, des jugements plus réservés. L'ouvrage de Schrödinger a été en tout cas, aux dires de ses contemporains, largement discuté. Il semble que les esprits les plus critiques ne lui aient pas toujours reconnu, quant au fond, une grande originalité.

Aux yeux du chercheur d'aujourdhui, confronté en particulier au problème posé par l'interprétation génétique du développement embryologique dans le cadre de la biologie moléculaire, l'influence que l'ouvrage de Schrödinger a pu avoir sur le développement de la biologie moléculaire est ambiguë. C'est là, au moins, le jugement récent d'un chercheur biologiste, Michel Morange. Schrödinger a sans doute surdéterminé les fonctions du gène. Il a vu véritablement dans le gène une sorte de cause première et de premier moteur. Il y a vu à la fois le plan et l'architecte, le législatif et l'exécutif. Il y a vu le guide non seulement de la physiologie cellulaire mais également du développement. La biologie moléculaire s'est développée, à bien des égards, dans le sens prévu par Schrödinger. Mais il semble qu'aujourd'hui, la surdétermination des fonctions du gène à laquelle s'est livré, dans son ingénuité conquérante, Schrödinger, apparaisse plus comme un obstacle que comme un moteur, en particulier en ce qui concerne l'approche des problèmes du développement ontogénétique.

La fin de la carrière de Schrödinger se passa à Dublin, puis à Vienne où il retourna en 1956. Depuis la fin de la guerre, l'Autriche cherchait à lui témoigner sa reconnaissance et à organiser son retour. L'Université de Vienne lui offrit une chaire, et il put ainsi terminer sa carrière dans l'Institut de Physique dans lequel elle avait commencé.

Le démon de la philosophie n'avait jamais quitté Schrödinger. Il écrivit, durant les dernières années, un certain nombre d'essais philosophiques, touchant des thèmes qui n'avaient jamais cessé de le préoccuper, la base physique de la conscience, la connaissance comme facteur de l'évolution, la critique du dualisme de l'esprit et de la matière, l'adoption d'un monisme substantialiste (identité du sujet et de l'objet) proche de Spinoza, le problème posé par la singularité et la pluralité des consciences face à l'unicité de l'Univers, résolu dans le sens du monisme, de la fusion des consciences et des mémoires, contre un pluralisme monadologique de type leibnizien, et enfin l'appel à un certain mysticisme.

Le dernier de ces essais philosophiques, écrit en 1960, porte le titre *Qu'est-ce qui est réel ?* En formulant cette interrogation ni naturelle pour un physicien, Schrödinger emprunte une voie qui sera suivie par nombre de ses collègues. Quel physicien, à la fin de sa carrière, ne s'interroge sur ce qui est réel ? Comme la vie et l'œuvre de Schrödinger, la réponse a été non conformiste. Quel que soit le jugement que le philosophe professionnel peut porter sur les tentatives philosophiques de Schrödinger, il doit avouer que la réponse est exposée avec humour et scepticisme. Nous ne parviendrons jamais, déclare Schrödinger, à reconstruire parfaitement la nature en images mentales. Les sciences exactes, ajoute-t-il, ne sont jamais vraiment possibles. Si elles le sont, ce n'est qu'en tant que sciences de structures. Mais d'où vient l'accord des esprits sur les structures ? D'où vient la communication entre les monades ? Schrödinger ne propose pas de réponse rationnelle à cette question. Il se ferait plutôt l'adepte d'un certain mysticisme, s'il n'en rejetait pas les conséquences sociales et éthiques. Le réel n'est pas le monde extérieur, dont l'identité serait le gage de la communauté des consciences. La réalité du monde extérieur, aux yeux de Schrödinger, est une thèse métaphysique. La communauté de consciences qui ne seraient que différents aspects d'une même réalité spirituelle est pour Schrödinger plus riche de contenu éthique et de consolation religieuse que le matérialisme. Peut-être l'appel à cette communauté des consciences et à cette consolation religieuse est-il l'aveu de la solitude et du pessimisme d'un grand savant.

Schrödinger mourut le 4 janvier 1961. Sa tombe se trouve à Alpbach, dans le Tyrol, au milieu des montagnes qu'il aimait.

Principales œuvres d'Erwin Schrödinger

Abhandlungen zur Wellemechanik, Leipzig, 1927. (Édition française : *Mémoires sur la mécanique ondulatoire*, éd. J. Gabay, 1988.)

Uber Indeterminismus in der Physik, Leipzig, 1932.

Die moderne Atomtheorie (avec Heisenberg et Dirac), Leipzig, 1934.

What is Life ?, Cambridge, 1944. (Édition française : *Qu'est-ce que la vie ?*, Seuil, coll. « Points Sciences », 1993.)

Statistical Thermodynamics, Cambridge, 1946.

Space, Time, Structure, Cambridge, 1950.

Science and Humanism, Cambridge, 1951. (Édition française : *Physique quantique et représentation du monde*, Seuil, coll. « Points Sciences », 1992.)

Studies in the non-symmetric generalization of the theory of gravitation, Dublin, 1951.

Nature and the Greeks, Cambridge, 1954. (Édition française : *La Nature et les Grecs*, Seuil, coll. « Sources du savoir », 1992.)

Expanding Universes, Cambridge, 1956.

Mind and Matter, Cambridge, 1958. (Édition française : *L'Esprit et la Matière*, Seuil, coll. « Sources du savoir », 1990.)

Meine Weltansicht, Vienne, 1961. (Édition française : *Ma conception du monde*, Mercure de France, 1982.)

Was ist ein Naturgesetz ?, Munich-Vienne, 1962.

Table

RÉALISATION : NORD-COMPO À VILLENEUVE D'ASCQ
IMPRESSION : NORMANDIE ROTO S.A.S.
DÉPÔT LÉGAL : SEPTEMBRE 1993. N° 20223-3 (09-3979)
IMPRIMÉ EN FRANCE

Collection Points

SÉRIE SCIENCES

dirigée par Jean-Marc Lévy-Leblond et Nicolas Witkowski

S30. La Recherche sur le cancer, *ouvrage collectif*
S31. L'Énergie verte, *par Laurent Piermont*
S32. Naissance de l'homme, *par Robert Clarke*
S33. Recherche et Technologie, *Actes du Colloque national*
S34. La Recherche en physique nucléaire, *ouvrage collectif*
S35. Marie Curie, *par Robert Reid*
S36. L'Espace et le Temps aujourd'hui, *ouvrage collectif*
S37. La Recherche en histoire des sciences, *ouvrage collectif*
S38. Petite Logique des forces, *par Paul Sandori*
S39. L'Esprit de sel, *par Jean-Marc Lévy-Leblond*
S40. Le Dossier de l'Énergie
par le Groupe confédéral Énergie (CFDT)
S41. Comprendre notre cerveau, *par Jacques-Michel Robert*
S42. La Radioactivité artificielle
par Monique Bordry et Pierre Radvanyi
S43. Darwin et les Grandes Énigmes de la vie
par Stephen Jay Gould
S44. Au péril de la science?, *par Albert Jacquard*
S45. La Recherche sur la génétique et l'hérédité,
ouvrage collectif
S46. Le Monde quantique, *ouvrage collectif*
S47. Une histoire de la physique et de la chimie
par Jean Rosmorduc
S48. Le Fil du temps, *par André Leroi-Gourhan*
S49. Une histoire des mathématiques
par Amy Dahan-Dalmedico et Jeanne Peiffer
S50. Les Structures du hasard, *par Jean-Louis Boursin*
S51. Entre le cristal et la fumée, *par Henri Atlan*
S52. La Recherche en intelligence artificielle, *ouvrage collectif*
S53. Le Calcul, l'Imprévu, *par Ivar Ekeland*
S54. Le Sexe et l'Innovation, *par André Langaney*
S55. Patience dans l'azur, *par Hubert Reeves*
S56. Contre la méthode, *par Paul Feyerabend*
S57. La Recherche en neurobiologie, *ouvrage collectif*
S58. La Recherche en paléontologie, *ouvrage collectif*
S59. La Symétrie aujourd'hui, *ouvrage collectif*
S60. Le Paranormal, *par Henri Broch*
S61. Petit Guide du ciel, *par A. Jouin et B. Pellequer*
S62. Une histoire de l'astronomie, *par Jean-Pierre Verdet*
S63. L'Homme re-naturé, *par Jean-Marie Pelt*
S64. Science avec conscience, *par Edgar Morin*
S65. Une histoire de l'informatique, *par Philippe Breton*
S66. Une histoire de la géologie, *par Gabriel Gohau*
S67. Une histoire des techniques, *par Bruno Jacomy*
S68. L'Héritage de la liberté, *par Albert Jacquard*

S69. Le Hasard aujourd'hui, *ouvrage collectif*
S70. L'Évolution humaine, *par Roger Lewin*
S71. Quand les poules auront des dents, *par Stephen Jay Gould*
S72. La Recherche sur les origines de l'univers, *par* La Recherche
S73. L'Aventure du vivant, *par Joël de Rosnay*
S74. Invitation à la philosophie des sciences
par Bruno Jarrosson
S75. La Mémoire de la Terre, *ouvrage collectif*
S76. Quoi ! C'est ça, le Big-Bang ?, *par Sidney Harris*
S77. Des technologies pour demain, *ouvrage collectif*
S78. Physique quantique et Représentation du monde
par Erwin Schrödinger
S79. La Machine univers, *par Pierre Lévy*
S80. Chaos et Déterminisme, *textes présentés et réunis par A. Dahan-Dalmedico, J.-L. Chabert et K. Chemla*
S81. Une histoire de la raison, *par François Châtelet (entretiens avec Émile Noël)*
S82. Galilée, *par Ludovico Geymonat*
S83. L'Age du capitaine, *par Stella Baruk*
S84. L'Heure de s'enivrer, *par Hubert Reeves*
S85. Les Trous noirs, *par Jean-Pierre Luminet*
S86. Lumière et Matière, *par Richard Feynman*
S87. Le Sourire du flamant rose, *par Stephen Jay Gould*
S88. L'Homme et le Climat, *par Jacques Labeyrie*
S89. Invitation à la science de l'écologie, *par Paul Colinvaux*
S90. Les Technologies de l'intelligence, *par Pierre Lévy*
S91. Le Hasard au quotidien, *par José Rose*
S92. Une histoire de la science grecque, *par Geoffrey E.R. Lloyd*
S93. La Science sauvage, *ouvrage collectif*
S94. Qu'est-ce que la vie ?, *par Erwin Schrödinger*
S95. Les Origines de la physique moderne, *par I. Bernard Cohen*
S96. Une histoire de l'écologie, *par Jean-Paul Deléage*
S97. L'Univers ambidextre, *par Martin Gardner*
S98. La Souris truquée, *par William Broad et Nicholas Wade*
S99. À tort et à raison, *par Henri Atlan*
S100. Poussières d'étoiles, *par Hubert Reeves*
S101. Fabrice ou l'École des mathématiques, *par Stella Baruk*
S102. Les Sciences de la forme aujourd'hui, *ouvrage collectif*
S103. L'Empire des techniques, *ouvrage collectif*
S104. Invitation aux mathématiques, *par Michael Guillen*
S105. Les Sciences de l'imprécis, *par Abraham A. Moles*
S106. Voyage chez les babouins, *par Shirley C. Strum*
S107. Invitation à la physique, *par Yoav Ben-Dov*
S108. Le Nombre d'or, *par Marguerite Neveux*
S109. L'Intelligence de l'animal, *par Jacques Vauclair*

S110. Les Grandes Expériences scientifiques, *par Michel Rival*
S111. Invitation aux sciences cognitives, *par Francisco J. Varela*
S112. Les Planètes, *par Daniel Benest*
S113. Les Étoiles, *par Dominique Proust*
S114. Petites Leçons de sociologie des sciences, *par Bruno Latour*
S115. Adieu la Raison, *par Paul Feyerabend*
S116. Les Sciences de la prévision, *collectif*
S117. Les Comètes et les Astéroïdes
par A.-Chantal Levasseur-Legourd
S118. Invitation à la théorie de l'information
par Emmanuel Dion
S119. Les Galaxies, *par Dominique Proust*
S120. Petit Guide de la Préhistoire, *par Jacques Pernaud-Orliac*
S121. La Foire aux dinosaures, *par Stephen Jay Gould*
S122. Le Théorème de Gödel, *par Ernest Nagel/James R. Newman*
Kurt Gödel/Jean-Yves Girard
S123. Le Noir de la nuit, *par Edward Harrison*
S124. Microcosmos, Le Peuple de l'herbe
par Claude Nuridsany et Marie Pérennou
S125. La Baignoire d'Archimède
par Sven Ortoli et Nicolas Witkowski
S126. Longitude, *par Dava Sobel*
S127. Petit Guide de la Terre, *par Nelly Cabanes*
S128. La vie est belle, *par Stephen Jay Gould*
S129. Histoire mondiale des sciences, *par Colin Ronan*
S130. Dernières Nouvelles du cosmos.
Vers la première seconde, *par Hubert Reeves*
S131. La Machine de Turing, *par Alan Turing et Jean-Yves Girard*
S132. Comment fabriquer un dinosaure
par Rob DeSalle et David Lindley
S133. La Mort des dinosaures, *par Charles Frankel*
S134. L'Univers des particules, *par Michel Crozon*
S135. La Première Seconde, *par Hubert Reeves*
S136. Au hasard, *par Ivar Ekeland*
S137. Comme les huit doigts de la main
par Stephen Jay Gould
S138. Des grenouilles et des hommes, *par Jacques Testart*
S139. Dialogue sur les deux grands systèmes du monde
par Galileo Galilée
S140. L'Œil qui pense, *par Roger N. Shepard*
S141. La Quatrième Dimension, *par Rudy Rucker*
S142. Tout ce que vous devriez savoir sur la science
par Harry Collins et Trevor Pinch
S143. L'Éventail du vivant, *par Stephen Jay Gould*
S144. Une histoire de la science arabe, *par Ahmed Djebbar*

S145. Niels Bohr et la Physique quantique
par François Lurçat
S146. L'Éthologie, *par Jean-Luc Renck et Véronique Servais*
S147. La Biosphère, *par Wladimir Vernadsky*
S148. L'Univers bactériel, *par Lynn Margulis et Dorion Sagan*
S149. Robert Oppenheimer, *par Michel Rival*
S150. Albert Einstein
textes choisis et commentés par Françoise Balibar
S151. La Sculpture du vivant, *par Jean Claude Ameisen*
S152. Impasciences, *par Jean-Marc Lévy-Leblond*
S153. Ni Dieu ni gène, *par Jean-Jacques Kupiec et Pierre Sonigo*
S154. Oiseaux, merveilleux oiseaux, *par Hubert Reeves*
S155. Savants et Ignorants, *par J. Jacques et D. Raichvarg*
S156. Le Destin du mammouth, *par Claudine Cohen*
S157. Des atomes dans mon café crème, *par Pablo Jensen*
S158. L'Invention du Big-Bang, *par Jean-Pierre Luminet*
S159. Aux origines de la science moderne en Europe
par Paolo Rossi
S160. Mathématiques, plaisir et nécessité, *par André Warusfeld et Albert Ducrocq*
S161. Éloge de la plante, *par Francis Halle*
S162. Une histoire sentimentale des sciences
par Nicolas Witkowski
S163. L'Avenir climatique, *par Jean-Marc Jancovici*
S164. Mal de Terre, *par Hubert Reeves et Frédéric Lenoir*
S165. L'Imposture scientifique en dix leçons
par Michel de Pracontal
S166. Les Origines de l'homme, *par Pascal Picq*
S167. Astéroïde, *par Jean-Pierre Luminet*
S168. Ne dites pas à Dieu ce qu'il doit faire
par François de Closets
S169. Le Chant d'amour des concombres de mer
par Bertrand Jordan
S170. Au fond du labo à gauche, *par Édouard Launet*
S171. La Vie rêvée des maths, *par David Berlinski*
S172. Manuel universel d'éducation sexuelle, *par Olivia Judson*
S173. L'espace prend la forme de mon regard, *par Hubert Reeves*
S174. Le Plein, s'il vous plaît
par Jean-Marc Jancovici et Alain Grandjean
S175. Trop belles pour le Nobel, *par Nicolas Witkowski*
S176. La Symphonie des nombres premiers, *par Marcus du Sautoy*
S177. La Guerre secrète des OGM, *par Hervé Kempf*
S178. Viande froide cornichons, *par Édouard Launet*
S179. Malicorne, *par Hubert Reeves*
S180. Un éléphant dans un jeu de quilles

par Robert Barbault, Fondation Nicolas Hulot

S181. Le Guide du chasseur de nuages, *par Gavin Pretor-Pinney*
S182. Mais qui mange les guêpes ?, *par New Scientist*
S183. Antilopes, dodos et coquillages, *par Stephen Jay Gould*
S184. Une histoire naturelle de la séduction, *par Claude Gudin*
S185. La Conjecture de Poincaré, *par George W. Szpiro*
S186. Le Messager des étoiles, *par Galilée*
S187. *P*ourquoi les manchots n'ont pas froid aux pieds ? Et 111 autres questions stupides et passionnantes par New scientist
S 188. De l'infini…, *par Jean-Pierre Luminet, Marc Lachieze-Rey*